「忍！」

　ウィリアムが忍の双丘から背中にかけて熱いものを迸らせた。そして息づかいも整わぬうちに覆い被さってきて顔を近づけると、熱に侵されたように夢中になって唇を塞ぎキスをしてくる。

　忍も夢見心地でウィリアムの唇を受けた。

　ウィリアムを思う気持ちに拍車がかかる。

SHY NOVELS

貴族と囚われの御曹司

遠野春日

イラスト ひびき玲音

CONTENTS

貴族と囚われの御曹司

Presented by Haruhi Tono

「あれがマラガです、お坊ちゃん」

モーターボートを操縦していたトマスが声を張り上げる。

母船《ぼせん》であるクルーザーが見えなくなるまでの間、ごわごわとしたビニール製の雨避《あめよ》け布を頭から被《かぶ》ってシートの下に隠れていた忍《しのぶ》は、ゆっくり伏せていた上体を起こすと、首を伸ばして周囲を見渡した。

前方に緑の目立つ陸地が見える。

林立《りんりつ》するビル群も見えた。

マンハッタンに比べるとずいぶんこぢんまりしたビルの並び具合だが、忍にとっては久しぶりに目にする陸の風景だ。

すぐ前の操縦席に座っていたトマスが大柄な体を捩《よじ》り、忍を振り返った。

「もう体を起こしなすっても大丈夫ですぜ」

海風が気持ちいい。

忍はシートに普通に座り直し、スピードに乗ったモーターボートのせいで強く靡《なび》く髪を右手で押さえた。

とうとう勝手に船を下りる無謀《むぼう》をしてしまった。

今がチャンスです、というロバートの言葉に背中を押された自分がなんだか不思議だ。

許可なく行動することなど諦《あきら》めて久しいつもりだったのに、いざ可能かもしれないと思うと、やはり心がざわめいた。

ほんの少しだけ。日が傾くまでの数時間のことだ。

逃げる気はない。

パスポートはロバートが阿久津《あくつ》の部屋から無理をして取ってきてくれた。

いいですか、これだけは肌身離さず持っていてください――ロバートの言葉を思い出し、忍はシャツの胸ポケットを押さえ、自分のパスポートがちゃんと入っているかどうか確かめた。

薄い手帳のようなものの手応《てごた》えを指に感じる。

本当ならばこのパスポートは、二週間後にニューヨークに着くまでは阿久津が保管しているものので、船が接岸して入国審査を受けるとき以外、決して忍の手には渡されないはずのものだ。それをロバートは無断で持ち出してくれたのである。

雇い主に楯突《たてつ》きたいわけではないが、忍の処遇《しょぐう》には激しい嫌悪と反感を覚えるのだ、とロバートは言う。

忍が下船を許されるのは一年のうちたった七日間。

それ以外では陸を踏むことのできない生活を強《し》いられている忍に、かつて米国海軍に籍《せき》を置いていたこともある船長のロバートは強く同情してくれている。

だから、今度のことも、進んで計画してくれたのだ。

祖父の命《めい》を受けて忍を見張っている阿久津と対等に渡り合えるのは、ロバートだけだ。航海に関することについては阿久津もロバートに従わざるを得ない。いくら船の持ち主から全権を任されているとはいえ、乗組員を実際に動かせるのはロバートだからだ。

世界の海を航海する大型クルーザー『ホワイト・シンフォニー』号は、外見の美しさ、豪華さとは裏腹に、実際は龍造寺《りゅうぞうじ》忍というたった一人のために用意された檻《おり》である。忍はもう三年ばかりそこに閉じこめられている。

忍は十五の時に父と母をいっぺんになくした。厳密にいえば、亡くしたのは母だけなのだが、忍には同じ事だ。以来、さまざまな思惑が入り乱れて、忍を取り巻く状況はそれまでの平和でありきたりな日々から激変した。

豪華なクルーザーは燃料や物資の補給を目的として世界各地の港に寄港するが、ほとんどの場合沖合に停泊《ていはく》していて、クルーだけがモーターボートで下船する。阿久津もたまに上陸し、一晩か二晩船を留守にすることがある。今回がまさにそれだった。

船は昨日から停泊している。

阿久津が二人の部下と共に今朝船を下りた後、ロバートが忍の部屋を訪ねてきて、パスポートを差し出した。

――さぁ。今がチャンスです。

ミスター・アクツが戻るのは明日の夜。

こうしてここにパスポートも取ってきたから、この機会にクルーにボートを出してもらってマラガで息抜きしておいでなさい。ただし、夕方までには必ず戻ってくるように――

正直なところ忍は、最初、船長の心遣《こころづか》いを迷惑すら感じた。

いまさら自分がしたいように外を歩けるなんて、あり得ないはずのことだ。

忍には、何もかもがとうてい叶わない夢だ、と諦める癖が日頃からついていた。この船に軟禁《なんきん》されているのは、血の繋《つな》がりのない弟が成人するまでのことだと予測していても、いざとなれば母のように殺されるのではないか、船から下ろされても他の場所に一生閉じこめられるのではないか、そんな不安が尽きない。

どうせ自分には未来などないのだ。

だから、何も期待しない。したら辛くなるだけだ。

けれどやはり胸の片隅に未知の土地への興味と、街を誰の監視も受けず自由に闊歩《かっぽ》したいという気持ちがあったのだろう。

忍はロバートの手からパスポートを受け取った。

そして、阿久津の部下の船に残っていた数名をロバートが振る舞い酒でもてなし、いい気分にさせている間に、乗組員のトマスの導きでボートに隠れたまま船を離れることができたのだった。

「マラガはコスタ・デル・ソルの玄関口でさぁ。グアダルメディア川で西と東に分かれていて、港と旧市街があるのが東側。西側は新市街で、デパートとかショッピングセンターなんかがありますぜ。ま、ニューヨークでお暮らしになってた坊ちゃんには、がらーんとして殺風景《さっぷうけい》な街だってふうにしかお感じになれないでしょうがね」

前方からビュウビュウ吹きつける風に負けないほど声を張り上げながら、トマスが説明する。

「観《み》るものといやぁヒブラルファロ城くらいのもんですかね。もっと南の方にはトレモノリスとかマルベーリャとか、海沿いに拓《ひら》けたリゾート地がありやすけど、そこまで坊ちゃんをお連れするわけにもいきませんしねぇ」

トマスはいかにも申し訳なさそうに顔を顰《しか》めてみせるが、忍は無表情のままだった。

べつに何も見るところがなくても構わない。船を下りて陸地を踏みしめるというだけでも、今の忍にはめったにできない大層なことなのだ。

湾内に入ったボートは真っ直ぐ船着き場を目指し、徐々にスピードを落としていく。

目の前の建物が税関だ、とトマスが教えてくれた。

忍はもう一度ポケットの上からパスポートの堅さを確認しながら、果たしてロバートはうまく阿久津の部下たちをごまかすことができているのだろうかと考える。

ここにきて、にわかに心臓が震えてきた。

本当に大胆なことをしてしまった。初めて阿久津に、つまりは日本にいるはずの祖父に逆らったことになる。恐くないといえば嘘だ。無事に船に戻る前に気づかれて強制的に連れ戻されるようなことになれば、どんな罰が待ち構えているかしれない。

忍はコクリと唾を飲み、軽く拳を握ってボートが接岸する様子を見守った。


ロバートからくれぐれも忍を頼む、と言い含められているらしいトマスは、忍を連れて街を案内してくれた。ロバートは忍がこれをチャンスに船から逃げるつもりだとは疑っていないにしても、万一のアクシデントを強く憂慮《ゆうりょ》しているようだ。

「すいませんねぇ、あっしなんかが坊ちゃんのお供で」

トマスは頭を掻《か》きながら、いかにも勝手がわからなさそうに恐縮する。トマスにとってみれば忍は日本の大富豪の御曹司《おんぞうし》で、自分とはまるで違う世界に生きているという意識があるのだろう。

マリナ広場を左に行くとアラメダ・プリンシパル通りだ。歩行者専用の遊歩道が真ん中にある通りで、大きな樹木が涼しい木陰をつくっている。道の両側にはホテルやレストランが並んでおり、ところどころには観光馬車が客待ちをしていた。

忍は気持ちのよい風に吹かれつつ、ゆっくりと遊歩道を歩く。

道の先は街を二分するグアダルメディナ川にぶつかっていて、そこを越えるとアンダルシア大通りと呼ばれる道になる。左手には鉄道の駅舎が見えた。

川を渡ると新市街と聞いていたとおり、バスターミナルやショッピングセンターがある。

ここからどこか他の場所に出かけるような時間はないし、買い物をするわけでもないので、街をぶらぶらと見て回った後はマリナ広場まで引き返してコーヒーショップに入り、一休みした。忍はお金を持っていなかったが、トマスがコーヒー代を出してくれた。

広場の一角に並べられた日よけ付きのテーブルで濃いコーヒーを飲みながら、カラフルな服を着た人々が行き来する様を眺める。こんなありふれた光景すらも忍には新鮮だ。たまに見知らぬ人と視線が合うと、緊張する。忍が本来ここにいてはいけないはずの人間だと皆が知っていて、責められているような錯覚を持ってしまい、落ち着かなくなるせいだ。忍にとって、外の世界は少しも自由にならない場所である。いつか何のしがらみもなくなって解放される日までは、忍が好き勝手にできることなどほとんどないのだ。

「どうです？　ちょっとは気分転換になりやすか？」

「うん」

忍は日に焼けたトマスの顔を見て、うっすらと微笑む。

こうして危険を冒《おか》してまで自分に付き合ってくれているトマスには、深く感謝している。普段はあまり感情を表に出さない癖がついてしまっているうえ、言葉でもなかなかスムーズに気持ちを表現しきれないから、この程度が精一杯だ。それでもトマスは満足そうに頷いてくれた。

「きっと坊ちゃんは新市街よりも旧市街の方がお気に召すんじゃねぇかと思いやす。ここをずうっと真っ直ぐさっきと反対方向に行けば、公園通りに出て、その先に闘牛場《とうぎゅうじょう》なんかがあったはずでさ」

「闘牛場……」

「あっしもまだ実際には見たことねぇですが、とにかくこっちの連中にとっちゃあ闘牛は国民的祝祭で、年間一万五千回以上も開催されるって話ですから、いっぺんぐらい観戦したいと思いやすよ」

闘牛というと忍が一番に思い出すのはヘミングウェイの小説だ。ずっと船に閉じこめられている忍には書物が唯一知識を増やし世界を広げてくれるもので、楽しみでもある。闘牛熱に取り憑《と》かれた著名人というと、ヘミングウェイ以外にもゴヤ、ピカソなどが浮かぶ。忍は彼らの創作した作品を通して闘牛を自分なりに捉《とら》え、理解しているつもりだが、好きか嫌いかで単純に区別するなら、嫌いの方になる。闘牛場に閉じこめた牛を人間が寄ってたかってなぶり殺しにしている印象が強くて、とうてい神聖な儀式などとは考えられないからだ。もしかすると実際に観戦すれば考えが変わるのかもしれないが、忍にはそんなチャンスは当分巡ってこないだろう。

トマスも忍が血生臭《ちなまぐさ》いものには興味を示さないことを察したらしく、広場の手前にあるアーチのかかった通りを北に進んでカテドラルや司教館、県立美術館などを見て回ってはどうかと、別の場所を勧める。

「ヒブラルファロ城を見に行ってもいいんでやんすが、あっこはちょっと歩くには距離があるんでさ」

「僕は旧市街を見て回るので構わないよ、トマス」

あまりトマスに気を遣って欲しくなかったので、忍はできるだけ明るい声で言った。実際、忍は城にはそれほど興味を惹《ひ》かれない。むしろピカソの生家を見たい。

じゃあそろそろ、とトマスが腰を伸ばしかけた。

そのとき、税関の方向からゆったりとした足取りでこちらに向かってくる二人組の姿が忍の目に入った。

「トマス……あの二人」

思わず忍が声をたてると、目のいいトマスも即座に黒いスーツを着た二人の男の姿を捉えたらしい。サッと顔つきを険しくし、忍を二人の視界から隠すように太った体の陰にして椅子を立つ。

そして後ろから忍の肩を抱いて「こっちに！」と店の奥に入っていく。

決して慌《あわ》てず、自然な動作で人目に立たないように、と忍は耳元で囁かれた。

足が緊張で竦《すく》みそうになる。

オープンテラスになっている店の表とは反対にある、裏手の出入り口から外に出た。

「連中も出航まで外で骨休めするつもりなんでやんしょう。坊ちゃんが抜け出していることがばれて探しに来たふうじゃありやせんでした」

忍もトマスの言うとおりだと思う。

ここで鉢合《はちあ》わせすれば、大騒ぎになるだろう。

トマスに手を引かれて駆け込んだ旧市街の北側一帯は道が入り組んでいて、忍はたちまち今自分がどの辺りにいるのかがわからなくなった。特に土地勘《とちかん》があるわけでもないトマスも、二人組から姿を隠そうとして、ただ闇雲《やみくも》に狭い路地を右に左にと曲がりながら極力人目につかない場所に移動しようとしているだけのようだ。

「坊ちゃん、この中に入りやしょう」

カテドラルを指してトマスが言う。

忍は躊躇《ためら》った末に頷いた。

もうばれるのは時間の問題のような気がした。だとすればさっさと諦めてこのまま事が大きくならないうちに船に帰った方がどれだけ得策かしれない。協力してくれたロバートにもトマスにも迷惑をかけずにすむ。

しかし、トマスがあまりにも真剣だったので、ついつられてしまったのだ。

それになによりも、二人組を見た途端船には戻りたくないと思ってしまった。久しぶりに外を歩いたため、これまでには感じたことのなかった自由への強い憧《あこが》れと意志が、忍の心の中でじわじわと頭を擡《もた》げ始めたようだ。

観光客に混じってカテドラルの中に入る。

中は薄暗く、荘厳《そうごん》な雰囲気に満ちていた。

「ここは観光客が多いし、暗いから、見つかりにくい。しばらくここで様子を見やしょう。たぶんあの二人は新市街からバスに乗ってトレモノリスに行くか、それとももう少し足を伸ばしてマルベーリャに行くつもりなんだと思いやすよ。ミスター・アクツもマルベーリャまで足を伸ばしているようだから。だからしばらくこの中にいて、連中を行かせてしまえばもう少しマラガにいても大丈夫でやんしょう」

トマスは自信たっぷりだ。

あの二人はともかく、まだ他にも船に残っている阿久津の部下が何人かいるはずだ。二人をやり過ごせても、次にまた誰かと出会《でくわ》す可能性もある。そう思うと果たして大丈夫と言えるかどうか半信半疑ではあったが、忍は不安を顔に出さず黙って聞いていた。人のよいトマスが自分のためにこんなに一生懸命になってくれているのに、水を差したくなかったのだ。

「あっしはちょっくら外に出て、連中の動きを見てきやすよ。駅かバスターミナルに行ったのを見届けたらまた戻ってきやすから」

「そんなことをして大丈夫なの？」

「なぁに。あっしがボートで外に出ているこたぁ船長の許可済みなんで、万一見つかっても連中が文句をつける筋合いなんかありませんよ。問題は坊ちゃんだ。心配なさらねぇで待っててくだせぇ」

「わかった」

忍はトマスの真摯《しんし》で優しい目を見返した。

「ここで待っているから」

「坊ちゃん」

トマスが大きな手を忍の肩に置く。

忍の心に微かな逡巡《しゅんじゅん》があることを敏感に嗅《か》ぎ取ったようだ。

「もし坊ちゃんが船長やあっしのことを心配してくだすってるんなら、それはいらねぇこってす。船長はいつも坊ちゃんをもっと自由にさせてやりたいとおっしゃってまさ。あっしも、同じ意見だ。ミスター・アクツのやり方は納得がいかない。ミスターの上に日本のボスがいるのは承知だが、坊ちゃんの扱いにはクルー全員不快感を持ってる。坊ちゃんの優しいお人柄に皆惹かれてるんです。いざとなれば、あっしらは坊ちゃんの味方だ。できる限りのことをやらしてくだせぇ」

「トマス…」

忍はトマスの率直な言葉に戸惑い、呟くように名前を呼ぶことしかできなかった。感謝と不安と申し訳なさと——そんな複雑な気持ちが胸に込み上げてきて、一言ではとうてい表せそうになかったのだ。

「本当ならいっそこのまま坊ちゃんを逃がしてやりてぇくらいだが、それはちょっと無理としても、せめて、もう少し外の空気を楽しんでくだせぇ。たまにはこうして羽根を伸ばさねぇと、そのうち鬱《うつ》になっちまいますよ」

確かにそうかもしれない。

今でも忍は十分に厭世的《えんせいてき》な気持ちになっている。生きていることに確固とした意味を見いだせず、毎日ぼんやりと時が過ぎるのだけを眺めているような生活に、感覚が麻痺してきているところがある。たぶん、ロバートやトマスはそれを心配してくれているのだ。

「これ、ほんのちょっとですけど持ってなさるといい」

トマスは忍に尻ポケットから抜き出した財布を渡す。

「……念のためってことで」

「ありがとう」

トマスはもう一度忍の肩を安心させるようにギュッと掴むと、肉付きのいい体を機敏に返して忍の傍《かたわ》らを離れ、カテドラルから出ていく。

忍はトマスの姿が消えるまで見送った後、手にした二つ折り財布を見下ろした。

もしこれを使うような事態になるとすれば、再び船に戻った時、忍はこれまで以上に厳しい監視下に置かれ、拘束されるだろう。

祖父から忍を任されている阿久津も、自分の不在中に起きたこの不始末に激怒し、忍から二度と目を離さないようにするに違いない。阿久津は今のところ忍に対して最低限の謙《へりくだ》った態度を取っているが、祖父の許しさえあればすぐさま忍を自分の好きなように扱いたいと考えているのがわかる。

忍は阿久津の陰湿な目を思い出し、ゾクリと背筋を震えさせた。

何も望まないことに慣れ、何をされても無心で受けとめる覚悟をつけているつもりでも、阿久津に何かされることを考えると、嫌悪で体が竦んでしまう。阿久津は苦手だ。けれど、いざとなったら忍には拒絶する権利も抵抗する術《すべ》もなく、言いなりになるしかない。

待っている身は辛《つら》い。

トマスが早く戻ってこないかと、忍はずっと出入り口の方ばかりを気にしていた。

落ち着かないまま、十分、二十分、と時間が過ぎる。

忍の不安は次第に増大していき、気持ちがどんどん落ち着かなくなった。

いったいどのくらい待てばいいのか見当もつかない。

まさかとは思うが、トマスは連中に見つかってしまい、不審な行動の理由を追及されているのではないだろうか。

さらに十分が過ぎたとき、忍はどうにもこうにも心配で、じっとしていられなくなった。

バスターミナルの場所はわかる。自分もそこに行ってみようと思いたつ。

足早にカテドラルから出る。

来たときにはやたらと入り組んだ路地を抜けてきたが、目の前の道を歩く観光客たちについてまっすぐ南下してみると、あっさりマリナ広場に戻れた。

忍は周囲を見渡し、阿久津の部下たちかトマスがいないかと目を凝《こ》らす。

知った顔はないようだ。

それでもなお慎重に辺りの様子を窺《うかが》いながら新市街方面に向かって歩き出す。

いざとなったらトマスとは関係のないふりをしなければ、と忍は心に決めていた。ロバートやトマスに迷惑をかけたくない。もし連中に見つかって連れ戻されることになったとしても、忍が勝手に阿久津の部屋からパスポートを持ち出し、トマスのボートにこっそりと隠れて船を抜け出したことにするのだ。

広々としてはいるが、まだ建物の数が少なくてがらんとした印象の新市街に入る。

アンダルシア大通りのロータリーまで来たとき、忍は思わず足を止め、建物の陰に身を隠した。

さっき見たうちの一人が険しい顔つきでこちらに向かって歩いてくる。

何がどうなっているのか定かでないが、緊迫した雰囲気に忍の心臓は動悸《どうき》を速めた。ばれたのだろうか。何か感づかれたのだろうか。トマスは——トマスはいったいどうしているのだろう。

次から次へと不穏《ふおん》な考えが浮かぶ。

陰に隠れたまま、男が通り過ぎるのを、息を潜めて待つ。

僅《わず》かなはずの時間がとてつもなく長く感じられる。手にはじっとりと冷たい汗を掻き、壊れそうなほど波打つ胸に息苦しくさえなった。

男の姿が視界から消えたのを見定め、忍はようやく物陰を出た。

このまま大通りを歩くのは危険だ。

忍はアンダルシア大通りと平行する南側の道に入った。この通りも整備された立派な道だ。ずっと先の方に大きな建物が見える。近づくに連れて、それがショッピングセンターだということがわかった。

トマスはどこに行ったのか。

もしや、はぐれてしまったのかもしれない。

忍は遅まきながら、なぜあのままおとなしくカテドラルの中で待っていなかったのだろうと後悔していた。

いっきに不安が込み上げてくる。

逃げようなどとは元より考えてもいなかった。逃げられるはずがない、と頭から思いこんでいたからだ。

阿久津の部下二人に気づかれなかったとしても、トマスとはぐれてしまったら、忍はどうしていいかわからない。おそらくは事情を知っているロバートが忍を密かに探し出して連れ戻すだろうが、それまでどこでどうしていればいいのか。もし船に戻らなかったなら、トマスが心付け程度に持たせてくれたお金しかない忍は、三日もしないうちに路頭に迷ってしまう。悔しいが今の忍には一人で生きていくだけの力はないのだ。第一、日本にいる恐ろしい権力者の祖父を出し抜いて逃れられるはずもない。

ショッピングセンターの正面に差しかかったとき、忍はまたもやハッとして全身を緊張させた。

歩道の一角に、トマスともう一人の部下が立っている。二人の雰囲気はとうてい友好的には見えない。部下がトマスに詰め寄り、疑惑も露《あらわ》に何事かまくし立てているようだ。

行動が不審だと怪しまれ、何をしていた、と追及されている感じだ。

今ここで姿を見られるわけにはいかない。

忍は焦り、急いでショッピングセンターの中に入ろうとして、ちょうどドアから出ようとしていた中年の婦人にぶつかってしまった。

「きゃあ!」

両手に荷物を持っていた婦人が派手な声を上げる。

「ごめんなさい」

慌てて謝りつつ、反射的に二人が立っている方向に視線を伸ばす。

トマスと部下は何事、とばかりにこっちを振り向いたところだった。

部下の目つきが険しくなり、みるみる恐ろしげに吊《つ》り上がる。忍に気がついたのだ。

忍はとっさに走り出した。

「待てっ!」

背後から怒声《どせい》が追いかけてくる。

買い物客たちがざわざわとしだした。

忍は逃げた。

なりふり構わず陳列ケースの間を駆け抜ける。一階フロアの中心は主に化粧品とアクセサリーの売り場だ。

人並み以上に細い体のおかげで買い物客たちの間をうまく縫っていけたのだが、フロア奥にある高級ブランド店のショーウインドー前に出た途端、極度の緊張のために足が縺《もつ》れてよろめき、たまたまそこでディスプレイされた商品を見ていた人の背中にぶつかってしまった。

「おっと」

驚いて振り向くと同時に忍を受けとめてくれたのは、まだ二十代半ばほどの男性だ。

「す、すみません……！」

忍はめったにないほど緊張し、狼狽《ろうばい》していたうえに、息を乱して必死な表情をしていたのだと思う。

男性の整ったハンサムな顔に不審と疑問が浮かび、形のいい眉が顰《ひそ》められる。

「どうかしたのか？」

責めるわけではなく、心配する口調で聞かれたことが、忍に思いがけない一言を口走らせた。

「追われているんです。助けてください」

えっ、と男性が驚く。

忍自身も縋《すが》ってしまってから唖然とした。なぜこの見も知らない青年紳士をいきなり頼ろうという気になったのか、自分でもわけがわからない。青年は確かにとても身なりがよくて堂々としており、キリリとした眼差しと落ち着き払った態度がいかにも頼りがいのありそうな様子をしていたが、見ず知らずの日本人から突然助けを求められても、さぞかし困っただろう。

「きみ……」

もっと詳しい事情を聞こうと青年が忍に何か言いかけたとき、後方で慌ただしい足音と買い物客たちの不快そうなざわめきが聞こえた。

背中を向けていた忍はビクッと肩を竦ませた。

追いつかれる、そう観念したのだ。

だが、その瞬間、忍は青年に腕を取られ、「こっちに」と引っ張られていた。

高級ブランドがテナントとして構えている店に入る。

手前は靴やバッグ、婦人ものの衣料品などが置かれているが、奥に行くと紳士用の衣料品が取り揃えてある。

紳士はザッと商品を見渡して三点ほど服を選び出すと、指一本で女性店員を呼び寄せてそれを持たせ、まだ戸惑っている忍を試着室に案内させた。

「こちらでございます」

忍は広々とした試着室に入るなり張り詰めた気持ちがいっきに緩み、壁一面に張られた鏡に背中を凭《もた》れさせる。

売り場の方から、忍を追いかけてきた部下が店員を捕まえ、忍のことを訊ねている声が聞こえてきた。忍は再び体を強《こわ》ばらせた。試着室の扉が今にも開けられ、引きずり出されてしまうのではないかという恐怖を覚えた。しかし店員は、「こちらにはそのような方は入っていらっしゃいませんでしたが」と丁寧な口調でありながらも、きっぱりと否定している。おそらく青年にそう答えるようにと言い含められたのだろう。

本当に助けてくれた……。

忍は今更ながら自分の大胆さに胸がドキドキとしてきた。

ウィリアム・フランシス・セラフィールドはニューヨークに在住する英国貴族の末裔《まつえい》だ。曾祖《そうそ》父《ふ》の代に米国に移民してきて以来、ずっとマンハッタンに住んでいる。

今年二十六になったばかりのウィリアムの生活を、気心の知れた友人たちは『優雅』の一言で表現する。ウィリアム自身もそれに異を唱える必要は特に感じていない。遣《や》り手《て》で抜け目のない祖父が父の結婚相手に選んだ令嬢《れいじょう》——すなわち、ウィリアムの母だが——は、石油王の娘で、莫大な持参金付きで由緒あるセラフィールド伯爵《はくしゃく》家に嫁《とつ》いできたのだ。おかげでセラフィールド家の財政は安泰《あんたい》。ウィリアムも形式的に関連企業の重役に名を連《つら》ねているだけで、一年のうち半分は世界各地を外遊するという恵まれた身分に甘んじている。

気儘《きまま》に過ごせて金銭に不自由しない毎日は確かに魅力的だ。しかし、慣れてしまえばどうしても飽きがきて、退屈を感じるようになる。

ウィリアムは今、変化を求めていた。

変化というとごく普通に皆が口にするのが結婚だ。現にウィリアムは、そろそろ身を固めて落ち着いてはどうか、とここのところずっと父や兄から結婚を強く勧められている。確かにそれは大いなる身上の変化だ。悪くはないが、困ったことにウィリアムには同性愛の嗜好《しこう》があって、事はやすやすといかない。親族関係にはいっさい打ち明けていないので、もしばれたら周囲はさぞや驚くことだろう。どう説明すればいいのかも迷われるので、今のところまだそちら方面には興味がないということにしてある。つまり、ウィリアムは結婚の話を持ち出されると困るものだから、年に何度も旅行に出かけているというのが本当なのだ。

結婚、などではなく、何か他に心がざわめくような面白いことがないものだろうか。

ウィリアムはそんな思いを抱いて、気の向くままに世界各地を旅している。

六月のベストシーズンに情熱の国スペインを訪れたのも、まだ出会っていない「何か」を探そうとしてのことだった。

「助けてください」

背後から軽くぶつかってきた東洋人の少年に必死な眼差しで縋られたとき、ウィリアムの胸はざわめいた。尋常ではない事態への好奇心や疑問と同時に、ほっそりとした無力そうな彼への憐《れん》憫《びん》が入り交じり、突き放して知らん顔できない気持ちになったのだ。

事情の一つも聞かないまま目の前にあった高級ブランドのテナントスペースに連れ込み、彼を追って探しているようだった険悪な顔つきの男から隠してやった。

たまたまそのブランド店はセラフィールド家が代々贔屓《ひいき》にしているところで、ウィリアムもパリの本店の顧客リストに名を連ねている。名前を出すと店員はすぐに顔中をほころばせ、ウィリアムの頼んだとおり店内にまで入り込んできた追っ手にシラをきってくれた。

「もういいよ。出ておいで」

目つきの悪いスーツ姿の男が完全に店の周囲から立ち去るのを確認してから、ウィリアムは試着室のドアをノックした。

「開けてもいいか?」

全面が鏡張りになっているドアの引き手が内側から下げられ、遠慮がちにできた隙間から少年が顔を出す。

黒い髪に黒い瞳、そして抜けるように白い肌をした少年とあらためて向き合ったウィリアムは、まったく事情を知らないまでも、助けてやったのは間違いではなかった気がした。どんな理由で追われているにせよ、少年の瞳は澄みきって綺麗だ。ウィリアムを真っ直ぐに見つめてくる。悪いことをして逃げているような気配は微塵《みじん》も感じられなかった。

「まだ着替えてなかったんだね」

ウィリアムが優しく微笑んで言うと、少年は「あ…」と小さく唇を開き、困ったような顔をする。ちょっと隠れさせてもらっただけのつもりだろうから無理もない。ウィリアムも無理強いする気はなかったが、めったに見かけない綺麗な顔立ちをした彼を前にしていると、試着室に持たせた最新のカジュアル服に身を包んだところが見てみたくなった。

「ずっと緊張していた？」

ウィリアムはさらに柔らかく労《いたわ》りを込めた調子で話しかけた。

「そうだろうな。服なんて試着しているような気分にはとてもなれなかっただろうね。でも、今すぐここを出るとまたさっきの男と鉢合わせしてしまうかもしれない。もう少しここにいる方がいいと思うのだが」

「……はい」

少年は細い首を前に倒し、ちょっと俯《うつむ》き加減になる。

見れば身につけている衣服はどれもこれも上質の一流品ばかりだ。ただ、少し型が古い。シャツの衿幅《えりはば》からも一昨年流行した型なのが察せられる。

ウィリアムはスッと目を細くした。

何か特殊な事情がありそうな匂いが、少年の全身にまとわりついている。

べつにお節介焼きのつもりはないのだが、ここまで関わった以上、中途半端には放り出せないと思った。

「もしきみがそういうデザインの服も嫌いでなかったら、ちょっと着てみせてくれないか。追われているなら着替えた方が目くらましになって安心できるんじゃないかな。僕もきみがそれを着たところを見てみたい。よかったら、着てみて欲しい」

「でも、…僕は……」

「服のことは僕の道楽だ。きみを助けたことに関しては、まだ事情は知らないが乗りかかった船だと思っている。一度関わりあいになったからには、安全なところまできみを送り届けるよ」

顔を上げた少年と再び視線が絡む。

「それが英国貴族の血筋を汲《く》むセラフィールド家の流儀だ」

「英国貴族…?」

「ああ。曾祖母がイギリス人でね。紹介が遅れたが、僕の名はウィリアム。ニューヨーク在住の旅行者だ。きみは?」

「僕は……松下《まつした》忍、という名前の日本人です」

「そうか。じゃあ、きみのことを僕は忍と呼んでいいだろうか」

はい、と忍は気恥ずかしげに頷いた。

なんだかとても儚《はかな》げで、ウィリアムは守りたいという気持ちを強く掻きたてられた。どういう事情で不穏な状況に置かれているのかはおいおい聞いていけばいい。聞けばどうしてあげるのがいいか考えつくだろう。ウィリアムは暇を持て余した一人旅の途中で、確固としたスケジュールに縛られているわけではない。極端な話、忍を日本まで送り届けることも不可能ではないのだ。

これも何かの縁だ。

ウィリアムはそんなふうに考えて、まだ名前しか知らない忍に対してある種の義務感や責任感、その上、会ったばかりだというのに親しみまで感じていた。

きっと忍の醸《かも》しだす繊細でどことなく不幸せそうな雰囲気が、ウィリアムの心を摑んだのだ。

少しくらい気まぐれを起こしてもウィリアム自身は何も困らない。万一忍が見てくれとはまったく違う悪意に満ちた少年で、何らかの目的を持って計画的にウィリアムに近づいてきたのだとしても――たぶんそんなことはほとんどあり得ないとは思うのだが――、ウィリアムには自分の身に降りかかってきた火の粉《こ》を払う力は十分に備わっている。

このまま忍と別れてしまうこともできたが、ウィリアムがあえてそうしなかったのは、大いなる好奇心と、忍自身に拭《ぬぐ》い去りがたい関心を抱いてしまったせいだった。

ぽつぽつと言葉少なながら、綺麗な発音の英語を話す忍。

いったい何者なのだろう。

少なくともただの観光客でないことだけは確かだ。

携行品のひとつも持たず、まるで監禁されていた部屋から飛び出してきたように、右も左もわかっていない様子だ。

ウィリアムがどうにかしてやらない限り、ここを出たらさっそくさっきの男に見つけだされ、連れていかれるに違いない。

「忍」

ウィリアムは教えてもらったばかりの名前を口の端《は》に乗せたとき、この名前をずっと前から知っていたような不思議な感覚に見舞われた。

忍が微かに首を傾ける。

黒い瞳が少し不安げに揺れていた。

「成り行き上、僕はきみをこのままひとりにしておけない。迷惑か?」

「いいえ。……でも」

「これからすぐにどこかに行かなくてはならない？」

忍は明らかに戸惑い、返事を躊躇《ちゅうちょ》したが、やがて何か決心したように首を横に振る。ウィリアムが無理をしていないか、と重ねて確かめたときには、前よりさらにきっぱりと否定してみせた。

今までは諦めていたことに対し、微かだが希望を見いだした――忍の表情の変化を見ていたウィリアムは、まさにそんな印象を受けた。ウィリアムと偶然出会ったことで、忍の心にも何か新しい気持ちが芽生《めば》えたようだ。

忍に芽生えたものがどんなもので、この先彼にどう影響するのかはわからなかったが、ウィリアムはそこに自分が関わったかもしれないと思うと他人事ではすまされない気持ちになった。

「もう少し気持ちを落ち着けてから、今後の身の振り方を考える方がいいかもしれないね。きみはとても疲れているように見える」

ウィリアムは忍を安心できる場所で休ませてやりたいと思った。

「行く当てがないなら僕が宿を取っているホテルに案内しよう。ちょっとここから距離があるが、歴史的遺産が多く残っている華やかで大きな街だから、気分も晴れるかもしれない。きみさえ構わなければ、今夜はそのまま僕の部屋に泊まるとよいよ」

「でも、それではあまりにも…」

忍は大きな瞳を見開き、申し訳なさそうな顔をする。

どうやら単純に迷惑になることを憂慮しているだけで、ウィリアムに下心があるのではなどと疑っている様子はない。

ウィリアムは忍に気遣わせないために、いっそのこと強引に出た。

「いいから僕の言うとおりにしなさい、忍」

連れ戻されたくはないんだろう、と念のために聞くと、忍は薄めの唇をきゅっと引き締め、迷いを払いのけるように頷いた。

マラガから車で二時間ほどのところにあるグラナダは、人口約三十万を抱えるスペイン屈指の観光地だ。市内にはアルハンブラ宮殿をはじめとするたくさんの歴史的遺産が保存されている。街の背後には三千メートル級の山が連なるシエラ・ネバダが控えた高原都市である。

車を雇って忍と一緒にグラナダまで戻ってきたウィリアムは、アルハンブラ宮殿内にあるパラドール、サン・フランシスコにまず向かった。パラドールとは中世の城や修道院、貴族の館などの歴史的な建造物を改装した国営ホテルのことである。ウィリアムが四日前から宿泊しているのは、このフランシスコ派修道院を改造したパラドールだ。スペイン全土に八十数カ所あると言われているパラドールの中でもサン・フランシスコは特に人気を誇っている。

「日本人観光客の間では一番人気だと聞くが、そうなのか？」

窓を開けて新鮮な空気を室内に取り込みながら、ウィリアムは長椅子に腰掛けている忍を振り返った。

忍は少し緊張しているらしい。車に乗っている間もろくに喋《しゃべ》らず、じっと体を強ばらせ続けていた。ウィリアムが泊まっている部屋に入ってからは、さらに気を張り詰めている。もしかすると、糊《のり》の利《き》いた真新しいシャツにまだ体が馴染んでいないせいもあるのかもしれない。

「忍」

ウィリアムはゆっくりとした足取りで忍の傍らに歩み寄ると、そっと身を屈めて俯きがちになっている顔を覗き込む。

「マラガを離れたことを後悔している？」

もしそうなら、そのために忍が不安でたまらないと感じているのなら、今からでもまたマラガまで戻ってやってもいい。ウィリアムはそういうつもりで忍に聞いた。

忍はウィリアムと目を合わせ、ゆるゆると首を振る。

「ごめんなさい。……そんなつもりじゃないけれど、だんだん自分がとても恐ろしいことをしてしまったのではないかと思えてきて、ちょっと動揺しているんです」

「きみは、もしかしてあまり外に出たことがないのか？」

「はい」

忍は素直に認めた。道中にもいろいろと問いかけていたのだが、そのときは自分が置かれている環境や立場に関して、ほとんど口を開かなかったのだ。どうやらあまり触れられたくないらしい。それでもウィリアムの部屋に泊まらせてもらうからには、まったく自分のことを明かさないというのも悪いと感じたのかもしれない。

「ここ三年ほどはずっと、部屋…に籠《こ》もりきりだったので、外が珍しくて気持ちが浮わついていたみたいです」

「籠もりきり……。だが、べつに病気というわけではないのだろう？」

「病気なんかじゃありません」

ウィリアムはいまひとつ忍の置かれている環境に納得がいかず、どういう事なのか想像することもできなくて、眉を顰《ひそ》めた。

どうもよくわからない。

ただ一つだけ確信できるのは、忍が今の状態を幸せだとは受けとめていない、ということだ。ウィリアムにとって一番重要なのはそのことだった。ただ、事情も聞かずにグラナダまで連れてきてしまったことは、いまさらながら少し後悔している。

それきり忍の方から進んで自分のことを話す気配はない。

ウィリアムは仕方なく、不躾《ぶしつけ》にならない程度に忍に質問を続けた。

「きみはいくつ？　まだ学生？」

「十八です。学校には行っていません」

「普段は何をしている？」

「……部屋で読書したり、ボードゲームや軽い運動をしたり…しています。週のうち五日は家庭教師の先生が勉強を見てくださるので、そんなに退屈はしないんです」

聞く限りではそれほど特殊な環境にも思えない。多少過保護かもしれないが、見かけ通り、いい家の息子なんだな、と納得できなくもない。

それでもウィリアムはなんとなくしっくりとこなかった。いったいなぜこんなにも据《す》わりの悪い気分になるのかわからない。忍がまだ根本的な部分を語っていない気がするのは穿《うが》ちすぎだろうか。

「窓の外、何が見えるんですか？」

今度は忍の方から控えめに聞いてきた。

「ああ。おいで」

ウィリアムは気を取り直し、忍の手を引いて長椅子から立ち上がらせる。忍の持つ雰囲気が自分と同じ男性的なものからほど遠く感じられるせいか、ついレディにするように腕を差し伸べてしまったのだが、忍は特に違和感を持たなかったようで、ほっそりとした手を素直にウィリアムに預けてきた。

忍の手は女の子のように細く華奢《きゃしゃ》で、指先が少し冷たかった。

思わずぎゅっと握り締める。

「ウィリアム？」

さすがに忍も困惑した表情になってウィリアムを見上げてきた。二十センチ近く身長差があるので、振り仰ぐ形になる。

「すまない」

ウィリアムは無意識に込めてしまった指先の力を抜くと、忍の黒い瞳を見つめ返し、気恥ずかしさをごまかすように微笑した。どうかしているぞ、と心の中で己を叱責する。

「僕にはきみが、誰かにエスコートされるのが当然だというように思えてしまうらしい。失敬《しっけい》した」

「……いいえ、そんな。きっと僕があんまり頼りないからいけないんです」

忍はスッと視線を逸らしてはにかんだ。

人慣れしていない初々しさがウィリアムにはとても新鮮だ。ネイティブのように滑らかな英語を話すのに、気質は日本人ふうだ。黒い髪、黒い瞳、そして肌理《きめ》細《こま》やかな肌とほっそりした骨格は生粋《きっすい》の東洋人に違いないが、ふとしたときの表情の作り方や仕草には欧米で長く暮らした経験がはっきりと見て取れる。

もしかして、とウィリアムは思った。

「きみは、二世か三世？　日本には住んだことがない？」

えっ、と忍が目を瞠《みは》る。

しかし、すぐにその不意を衝《つ》かれて驚いたような表情は消え去り、特に隠しておきたかったわけでもなさそうに頷いた。

「生まれも育ちもニューヨークなんです」

「なんだ。そうだったのか。じゃあ僕と同じだ」

ウィリアムはますます忍に親近感を抱く。

外遊中に祖国の人間と出会うとそれだけで親しみを感じるものだ。ひょんなことから助けた相手が自分と同じ都市に住んでいるのだとわかったら、いよいよ忍を放っておけないという気持ちに拍車がかかった。

本当はもっと突っ込んだ話がしたかったが、忍はやはりまだ自分のことを話すときは口が重くなるようで、ニューヨークのどこに居《きょ》を構えているのかも、家族はどうしているのかも、全部曖《あい》昧《まい》にして答えようとしない。

本人が言いたくないことを執拗《しつよう》に聞き出すようなまねはウィリアムにはできず、仕方なくこの場は諦めた。おいおい忍の方から話してくれるかもしれない。いきなり深刻なことを打ち明けるには、二人の関係はまだあやふやすぎる。忍が躊躇うのは当然なのだ。

窓辺に並んで立ち、燦々《さんさん》と陽光の降り注ぐ戸外の景色を見下ろした。

「あそこに見えるのがヘネラリフェ。国王の夏の離宮として造られた建物だ」

「中に入って歩き回れるんですか?」

「もちろん。一休みしたらアルハンブラ宮殿共々見学してみるか? グラナダにいてアルハンブラ宮殿を見ない手はない。宗教の覇権《はけん》争いさえ受け付けずに建設当時のままの姿を保っているあのイスラム宮殿は、まさしく『地上の楽園』だ。ガウディなんかにもずいぶん大きな影響を与えたそうだが、確かに僕も西欧世界最大無二《むに》の非宗教建築だと思うね」

「グラナダは、確か、十五世紀末にキリスト教軍の侵略を受けたんでした……よね？」

「ああ。イベリア半島最後のイスラム王朝が征服されて、イスラム・スペインは消滅した。アルハンブラも、本来ならばキリスト教徒の手で破壊されるか改築されるかしても不思議はなかったと思うのだが、あまりにも夢幻的で美しい建物だったために免《まぬが》れたのだね。超越的な芸術は宗教の壁すらも問題にしない、ということだ」

「すごい」

忍はそれまであまり感情のない淡々とした調子で喋っていたのだが、このときばかりはさすがに感動を表さずにはいられなかったようだ。

「見に行くか？」

ウィリアムがもう一度聞くと、さっきははっきりと返事をしなかった忍が、躊躇いを振りきるようにして頷いた。

黒い瞳が輝いている。

ウィリアムは忍の瞳に魅入《みい》られた。

こんなふうに何かに興味を惹かれて瞳を輝かしている忍をもっと見てみたい気がする。十八といえばまだまだ好奇心だらけで、衝動のままに無鉄砲なこともしてしまう年齢のはずだが、どうも忍にはそんなところがあまり感じられない。

自分が忍と同じ歳だったときのことを反芻《はんすう》すると、忍はひどく抑圧されているようで、なんだか不憫になってくる。

ウィリアムは十八の時、とっくに男同士のセックスを知っていた。もちろん親や兄弟には内緒にしていたが、ちゃんと同年代のセックスフレンドがいて、悩みながらも恐いもの知らずに人生を謳歌《おうか》していたのだ。

それに引き替え、忍からは、まだ恋もしたことがないようなストイックな印象を受ける。

他人事ながらウィリアムは忍の境遇をとても淋しいと感じ、自分が少しでも忍を楽しませてやれたらいいと思った。


忍にもちらりと説明したとおり、グラナダは紀元前のローマの時代から栄えていた古い街で、七世紀に始まったイスラム支配の下で繁栄してきた。数百年以上続いたイスラムの時代に終止符が打たれたのは、中世時代——カトリックによる国土回復運動《レコンキスタ》が起きたためだ。アルハンブラ宮殿はスペインにおけるイスラム最後の砦《とりで》であり、それが一四九二年に落城したとき、イベリア半島を長く支配してきたイスラムの歴史も終わった。

アルハンブラ宮殿を本気で見学しようと思うなら、半日は覚悟した方がいい。グラナダに来て四日目になるウィリアムは、初日にカルロス五世宮殿だけ見ておき、二日目に丸一日かけてのんびりとまたその他の建物や庭園、パティオなどを散策して回った。

忍を連れてパラドールを出たとき、すでに時刻は午後三時前。六月下旬はアンダルシア地方の観光にはベストシーズンだ。それでもウィリアムは、普段ほとんど外を出歩かないという忍に通常以上に気を遣い、無理をさせないように心がけた。歩くときはなるべく涼しい日陰を選び、歩調も忍に合わせる。

グラナダは海岸線に近いのでまだ過ごしやすいが、内陸部のセビーリャやコルドバ辺りでは、七月や八月の真夏ともなれば、昼間は四十度を超す暑さになることも珍しくない。そのため現地にはシエスタの習慣がある。スペインを訪れるのは今回が初めてだが、ウィリアムが首都マドリードやガウディで有名なバルセロナではなく、まずグラナダに足を踏み入れたのは、このアンダルシア一帯が最もスペインらしさを満喫させてくれそうだと思ったからだ。フラメンコや闘牛の本場であり、八〇〇キロに及ぶ海岸線の向こうに広がる紺碧《こんぺき》の海と真っ青な空、そして一面のひまわり畑。情熱の国スペインをイメージさせるものが、この地方にはみっしりと詰まっている。

ニューヨークに住むウィリアムの興味を惹くのは、都会の近代的なビル群ではなく、こういったものだ。

アルハンブラ宮殿の広大な敷地内には、王宮の他にカルロス五世宮殿やアルカサバなどがある。ウィリアムは忍をまずは王宮へと案内した。

宮殿内は三つの場に分かれている。行政を行うための場と、行事や儀式などがある際に使う場、そして王と家族が住まう、いわゆるハーレムだ。その三つの場は一見、独立しているようでありながら、巧みな配置で繋がり合わされている。パティオと呼ばれる中庭を中心にして周囲に部屋を配する設計は、イスラム建築の伝統に則《のっと》ったものであると同時に、計算され尽くした芸術的な空間構成術が生きている。

「まさにイスラムの至宝というところかな」

ウィリアムは傍らを歩く忍が感動しているのを確かめると、グラナダに連れてきてよかったと思った。せっかく観光するなら、やはりこういう文化遺産を見せてやりたい。年がら年中自由気ままに旅行して回れるのならばともかく、次はいつになるのか本人にも定かでない場合には、多少の無理はしても、心に残る経験が多い方がいい。

マチューカの庭園から王宮内に足を踏み入れる。

メスアルの間と呼ばれる建物は、もともと裁判や集会に使用されていた場所だ。しかし、ここだけはレコンキスタの後キリスト教徒によって礼拝堂《れいはいどう》にされてしまったらしく、周囲の壁にアラビア文字の文様《もんよう》とキリスト教の文様が混じっている。歴史的な意味を考えると興味深い建物だ。忍も思慮深そうな目を見開いて、じっと壁を見渡していた。

世界にはまだまだ様々な歴史的建造物や、不思議だったり神秘的だったりする建物が存在する。ウィリアムにとっては、ここもそういった場所の一つという捉え方なのだが、忍はそうではないらしい。息を詰めて熱心に見入っている忍をさりげなく見守っていたウィリアムは、なぜだか忍がようやく外出を許された入院患者のように思えた。忍には明日も明後日も存在しない、そんな切羽詰《せっぱ》まった雰囲気がある。

「忍」

ウィリアムは忍の肩に手をかけた。

忍の黒い瞳が潤んだように濡れて見える。ウィリアムはその神秘的な瞳に見惚れた。黒い髪に黒い目の、異国の少年。ほの赤い唇を開けば完璧な英語を話すのに、肝心なことは何も聞き出せない。ウィリアムは不意に忍が古《いにしえ》から現れた幻のような気がして、今にもかき消えてしまうのではという不安に駆られた。

「庭を通って、パティオに出てみよう」

忍がウィリアムの言葉を待っていたので、ウィリアムは気を取り直して誘った。

天人花《てんにんばな》のパティオ、と呼ばれるパティオは、中央に大きな長方形の池がある。池の両端には名前の元となっている天人花、すなわちアラヤネスの生《い》け垣《がき》がずらりと配されていて、芳香を放っていた。鏡のような池の水面には、北側に位置するコマレスの塔が映っている。建物をぐるりと囲む回廊《かいろう》の繊細な大理石の柱と、柱を頭上で繋ぐ透《す》かし模様のアーチが美しい。パティオ全体はしんとして静謐《せいひつ》な雰囲気を湛《たた》えていた。

「あの塔はなんなんですか？」

しばらく一緒に歩いている間に、忍もぽつぽつと自分から話をするようになっていた。

ウィリアムはコマレスの塔を振り仰いだ。

高さ四十五メートルの塔は、賓客《ひんきゃく》の接待や謁見《えっけん》などの公式行事で使われたものだ。

「天井が船底の形になった横長の部屋がまずあって、その奥にこの宮殿内で一番広い部屋がある。それぞれ、舟の間、大使の間と呼ばれているらしい。天井と壁の文様がね、ちょっとすごいんだ。入ってみる？」

「……舟…ですか」

忍の顔色がちょっと曇る。

「どうかした？」

舟という言葉に何か引っかかることでもあるのだろうか。

「あ、ごめんなさい」

ウィリアムが訝《いぶか》しげにしているのに気付いたのか、忍が慌てて首を振る。

「僕は、塔の中には入らなくてもいいです。それより、向こうを見たいです」

忍が向こう、と指したのは、獅子《しし》のパティオの方角だ。ウィリアムは忍を追及するつもりは毛頭なかった。なにしろ忍のことでは、まだわからない部分の方が断然多い。そして、忍が気安く自分の事情を話してくれるつもりがないことも、すでに理解していた。

彫り装飾の間を抜けて獅子のパティオに行く。

「うわ…すごい」

中央に十二頭の獅子が背中で支える円形の噴水があり、周囲をずらりと優美な柱で取り囲まれたこのパティオには、当時は王以外の男性は入ることができなかった。

「じゃあ、ここがハーレムの中心なんですね」

忍はロープの張り巡らされた噴水の周りを歩きながら感嘆する。黒大理石でできた獅子の像を近くで見て触れることはできないが、遠目にも手の込んでいることが十分わかった。

パティオの周囲は一二四本の大理石円柱で優美に取り囲まれている。この柱が影をつくり、内部に射し込む光を刻々と微妙に変化させるのだ。

忍は飽きずにパティオの隅々まで歩き回っている。

ウィリアムは柱の影からそんな忍の様子を見ているのが興味深く、楽しかった。ずっと横についていると忍が自由に見て回れないだろうと気を遣い、あえて自分は遠慮したのだ。

ときどき目が合う。

忍ははにかみながら、もう少しいいですか、と目で訊ねてくる。ウィリアムはにっこり微笑んで頷いてやる。まるで恋人同士のように心地よく、満ち足りた気分だった。

「やぁ、ウィリアム！　奇遇じゃないか」

忍にばかり気を取られていたウィリアムに、突然真横から話しかけてきた男がいて、ウィリアムはすっかり不意を衝《つ》かれてしまった。

「ジョージ」

親しげな笑みを満面に浮かべ、屈託なく声をかけてきた男は、大学時代に一年ほど付き合った相手だ。卒業してからは会わなくなっていたが、数年ぶりに、しかもこんな観光地で出会すとは、確かに奇遇である。

「元気にしていたかい、ウィリアム」

懐かしさが高《こう》じてか、ジョージはいっきに昔を思い出したらしい。興奮したようにウィリアムの首に腕を回してくると、額をくっつけんばかりに接近させてくる。どうやらジョージはウィリアムが一人だと思ったらしい。ジョージの方もこの場は一人らしかったが、彼の左手の指に結婚指輪が嵌《はま》っているのをウィリアムは見逃していなかった。

「きみは相変わらずハンサムだ」

「ジョージ」

頬にくちづけされて、ウィリアムは柄にもなく狼狽《うろた》えた。

視線を巡らせた途端に、離れた位置から唖然とした様子でこちらを見ている忍と視線がかち合う。忍はすぐさま恥じ入ったように俯き、ウィリアムたちに背を向ける。風に軽く靡いていた髪を押さえる仕草に、この場をどうやり過ごせばいいのか困惑している様子が表れていた。

「ジョージ。……連れがいるんだ」

「えっ？」

ウィリアムが軽く顎をしゃくった先を見たジョージは、たちまちバツの悪そうな顔になる。

「そりゃすまなかった。俺はまたてっきりきみが気儘な一人旅を楽しんでいるものだとばかり思いこんでいたよ。——それにしても、綺麗な子だな。いつから宗旨《しゅうし》替えしたんだ？　きみはてっきり年上好みかと思っていたが」

「そんな関係じゃないよ」

やんわりと否定したものの、ウィリアムは心の奥ではまんざらそうとも言い切れない複雑な気持ちを持っていた。もし本当に忍のことをなんとも思わないのなら、ジョージに軽く抱擁《ほうよう》されてキスされるくらい平然としていてもいいはずだ。友人同士でかわす挨拶というにはちょっと濃厚すぎたかもしれないが、周囲の観光客から顰蹙《ひんしゅく》を買うほど目立っていたわけでもない。しかし、ウィリアムは咄嗟《とっさ》に忍に誤解されたくないと思った。いったい何を誤解されるのが嫌だったのだろう。ゲイだということがばれたら、忍をここまで連れてきたことを変に勘繰《かんぐ》られる恐れがあることか。それとも、今ではとっくに縁が切れているはずのジョージを恋人だと誤解されることなのか。

ウィリアムの言葉を信じたのかどうか怪しかったが、ジョージは「ふうん」と意味ありげに相《あい》槌《づち》を打つと、ウィリアムから体を離した。

「悪かったよ、迂闊《うかつ》なことをして」

ジョージは名残《なごり》惜しげにウィリアムの二の腕をぐっと摑むと、ポン、と胸板をノックするように軽く一叩きして「また手紙でも書くよ。懐かしい旧友としてね」と歩き去っていく。

ウィリアムは微かな吐息をつき、ジョージの逞《たくま》しい筋肉質の背中を見送った。

忍はさっき目が合ったときと同じ位置にいて、遠慮がちにウィリアムを窺っている。

ウィリアムは置いてきぼりにされて途方に暮れている子供のような忍にせつなさと愛しさが募り、すぐに忍の傍まで歩み寄った。

「忍。……驚かせてしまった？」

僕はゲイなんだ、の言葉はさすがにこの場では続けられなかった。

忍がゆるく首を振り「いいえ」と示す。

ウィリアムの胸に、不意に忍にキスがしたいという情動が生まれた。自分でもなぜそんな気持ちになったのかわからない。

深く考えるより先にウィリアムは少し身を屈め、忍の白い頬にキスしていた。

「ウィリアム」

忍は驚いて、みるみるうちに頬を染める。

「行こう。今度はこっちだ」

ウィリアムは忍の手を引いた。

このままずっと忍の赤くなった顔を見ていると、ますます気持ちが高ぶりそうだ。初《うぶ》な忍を怖がらせてしまいかねない。今ならまだ挨拶として済まされる程度の触れ合いだが、次にキスしたいと思ったときには、とてもこんな可愛いキスでは終わらせられないだろう。

「あの東側の棟《とう》が王の間だ」

ウィリアムは努めて平静を装った。摑んだ忍の手にも緊張は感じられない。突然のキスには驚いたものの、すぐに気を取り直したようだ。あれはただの挨拶、と自分に言い聞かせあまり狼狽えていてはウィリアムに失礼だとでも思ったのかもしれない。そんな様子だった。

「王の間は全部で七つの部屋に仕切られている。それから、南側の棟はアベンセラヘスの間といって、天井が見事なんだ。入るかい？」

「はい」

舟の間とは違い、今度は忍も中に入ってみることを躊躇わなかった。

アベンセラヘスの間の天井は、まるで鍾乳洞《しょうにゅうどう》の天井のようだ。鍾乳石が垂下《すいか》しているような装飾が施されていて、一見の価値はある。

「でも、アルハンブラ宮殿中で最も装飾が美麗で有名なのは、二姉妹の間だね」

ウィリアム自身、つい一昨日初めて直に目にした二姉妹の間は、王の間の北側に位置している。それは素晴らしいの一言に尽きる部屋で、ウィリアムはただ呆然として見入っているばかりだったのだが、果たして忍はどう感じるのだろう。一度すでに見ているウィリアムには、忍の反応の方が楽しみだった。

二姉妹の間に入った忍は、ほぼ正方形の部屋をぐるりと見渡し、徐々に視線を天井に伸ばしていく。

そして、言葉もなく息を呑んだ。

蜂《はち》の巣状になったドーム型の天井と、それを取り巻く鍾乳石の飾り。まるで繊細なレース編みの天蓋《てんがい》のようだ。すでに前もってじっくりと眺めて知っていたはずのウィリアムも、また新たな感動に包まれた。天空の写し絵、というコンセプトの通り、五千もの蜂の巣のところどころに星形の明かり採《と》りがあり、そこから光が射し込んでくる。ずっと見上げていると、そのうち天使が舞い降りてくるような気がしてくる。そんな荘厳《そうごん》さが美麗さの中に同居していた。

「なんだか、神秘的ですね」

「ああ。僕もそう思うよ」

二姉妹の間で受けた感銘《かんめい》が冷めやらぬまま、隣の間に移る。

細長いその部屋はハーレムの女性たちが冬の間を過ごしていたというアヒメセスの間。ここからはリンダラハ庭園が臨《のぞ》める。

ウィリアムはリンダラハ庭園を囲む回廊の行き着く先、今二人が立っている場所の対面に建つ建物を指して、あれが王妃の使っていた棟だと教えた。

「あの二階に王妃の着替えの間がある。窓からの眺望《ちょうぼう》が素晴らしいよ」

「街が見下ろせるんですか」

「ああ」

ウィリアムは忍の顔を覗き込み、忍が興味を持っているのを見て取ると、一歩先に進んでから首だけ振り返らせ、「おいで」と促した。

「そろそろ日が傾いてきた。王妃の化粧室を見たら、一度パラドールに戻って休憩しよう」

「はい」

忍は素直に頷き、ウィリアムの背中についてくる。

二人の間の空気は出会ったばかりの時よりずいぶん和《なご》んでいた。さっきのキスが原因というわけではないだろうが、うまく打ち解けあえている。不思議と沈黙が気にならないので、無理をして何か喋ろうとしなくてもすみ、楽だ。たぶん、二人の波長が合っているのだろう。

着替えの間からアルバイシン地区を眺め下ろした。

砂色の屋根に白壁をした家と緑の樹木が目立つ街並みが彼方《かなた》の丘の方まで続いている。

東の方に、ジプシーたちが暮らすことで知られているサクロモンテの丘がある。

「こういう景色、初めて見ました」

忍がぽつりと言った言葉が、ウィリアムの胸に迫った。

つい数時間前に知り合ったばかりの忍のことを、すでに見ず知らずの他人ではないように感じている。自分にできることがあるのなら、精一杯力になってやりたい。忍はウィリアムをそんな気持ちにさせるのだ。

「城塞の西側にアルカサバというところがある。これは最初に建てられた王宮の跡で、今では外壁と土台と塔が残っているだけなんだが、その塔からの眺めがまた素晴らしいんだ。天候がいいと、シエラ・ネバダの峰々が見える」

「アルハンブラ宮殿って、単なるひとつの城のことではないんですね。僕が想像していたものとはまるで違いました」

「面白かった？」

「とても」

「そう。それはよかった。僕もきみと一緒にもう一度王宮を散策できて、とても楽しかったよ。付き合ってくれてありがとう」

「ウィリアム」

　忍が照れたように瞼《まぶた》を伏せる。

　白い頬が微かに赤らんでいるのは、濃いオレンジ色になった太陽の光のせいばかりではないようだ。

「僕の方こそ、本当にありがとうございます」

　ウィリアムは忍の小さな肩を抱き寄せたい気分になっていた。そして赤くて柔らかそうな唇に労《いたわ》りと愛情を込めてキスしたい。自分より八つも年下の忍がどうにも愛しく、強い庇護欲を掻きたてられるのだ。これまでは主として自分の楽しみのためにだけ費やしてきた時間を、そろそろ誰かを幸せにすることを考えるために使ってもいいのではないだろうか。そんな気持ちがじわじわと込み上げてくる。

まだ忍のことを何も知らない。

知らないが、忍さえ自分を頼ってくれるなら、一夜の宿を貸して終わるのではなく、もっと根本的なところから相談に乗ってやりたいと思うのだ。それが単に同情からくる親切心なのか、それとも何か忍に尋常《じんじょう》ではない関心を抱いているせいなのか、ウィリアム自身まだ定かではなかった。

いったんは抑え込んだはずの情動が再び頭を擡《もた》げてくる。

辺りにはたまたま誰もいない。

ウィリアムはどうにも理性を保ちきれず、忍の耳元に唇を寄せて囁いた。

「忍。目を閉じてくれないか」

「えっ?」

「キスしたい」

率直に告げると、忍は催眠術にかかったように睫毛《まつげ》の長い瞼を閉じた。

さっきパラドールで不意打ちにしたキスの記憶が甦る。忍もウィリアム同様、そのことを思っていたのではないだろうか。

想像通りに柔らかな唇に触れた。

触れただけの、ウィリアムにとっては可愛らしすぎるキスだ。

「……もういいよ」

ウィリアムが唇を離して忍に声をかけるまで、忍は目を閉じたままでいた。

うっそりと瞼を開けた忍の瞳は、濡れたように光っている。今にも涙の粒が頬に零れてきそうだった。

「僕のことが、恐い？」

忍は口を噤《つぐ》んだまま、きっぱりと首を振って否定する。ウィリアムがゲイだろうがゲイでなかろうが、忍にはたいした問題ではないようだ。

ウィリアムの気持ちはさらに強まっていき、忍に対してもうこのまま赤の他人同士には戻れない予感を抱いた。


スペインのレストランはたいていシエスタの時間に一度クローズされ、夕方から再びオープンし深夜まで営業する。もっとも、近年は休みを取らない店も増えてきたらしい。

忍はウィリアムに、何か食べたいものはあるか、と聞かれて、躊躇った末にいわゆるスペイン料理が食べたいと答えた。船の中でも腕利きのコックたちがありとあらゆる料理を作るのだが、やはり本場の味とは違うだろうと思ったのだ。

忍が躊躇ったのは、外に出て人目につくのが心配だったからだ。阿久津の部下はすでに忍がマラガにいなくて、ウィリアムが雇ったタクシー会社を探し当て、二人がグラナダに来ていることを突き止めているかもしれない。王宮を見ようと誘われたときには好奇心と興味深さから深く考えずについ頷いてしまったが、我に返ってからなんて大胆なまねをしてしまったのかと後悔した。どうせすぐに連れ戻されるに違いない。ウィリアムは忍の事情がそれほど切迫しているとは思いもよらないはずだ。それなら下手に心配をかけたくないし、せっかくの好意を無駄にしたくもない。忍は不安を抑え、ウィリアムとの夜をできるだけ楽しむことにした。

パラドール内にあるカフェテラスでお茶を飲んで一息入れた後、忍はウィリアムに乞われるまま部屋でもう一度着替えをすることになった。マラガの高級ブランド店で試着をしたとき、ウィリアムは結局四点の衣服を購入した。新しく着た服も最初に着た服同様やはりカジュアルラインのものだが、素材がいいのとデザインが洗練されているために、夜の外出着としても遜色《そんしょく》ない。

「こっちの人たちは、ディナーにきちんと正装するとまではいかなくても、夜を楽しむために着替える習慣があるらしい。せっかくだから、ね」

忍としては、一緒にいてくれるウィリアムが恥ずかしい思いをしないで済むように、ということに一番気を遣った。船から下りるときに着ていた服は、ウィリアムがランドリーサービスに出してくれた。

忍はシャワーを浴びさせてもらって汗を流すと、新しい服に袖を通した。

さらりとしたシーアイランド・コットンの肌触りが心地よい。自分の姿を鏡に映してみると、緩くカーブした襟ぐりから鎖骨《さこつ》がちらりと覗いていた。痩《や》せていて、なんとも貧弱な体つきで、恥ずかしくなる。堂々とした体躯《たいく》をしているウィリアムとは雲泥《うんでい》の差だ。たぶん、ウィリアムがこんなにも忍によくしてくれるのは、自分があまりにも頼りなさそうに見えるからだろう。

胸元や袖口にボタン代わりについている細い革紐《かわひも》を編んで結び、濃い茶色のスラックスを穿《は》く。脚のラインがはっきり出る体にぴったりとしたスラックスは、忍の細い足を際だたせる。ゆったりと裾の広がったブラウスを上から被るように着ると、遠目にはボーイッシュな女の子と間違われそうだ。もうそろそろ切らなくては、という長さまで伸びている髪のせいもある。

「ああ。やっぱり似合うね」

ウィリアムはまんざらお世辞《せじ》というふうでもなく、目を細くして眩《まぶ》しそうに忍を見る。忍は少し面映《おもは》ゆくなって、黙ったまま目を伏せた。同様に着替えを終えていたウィリアムのスーツ姿を目にして、ドキリとしたせいもある。阿久津もいつもスーツを身につけているが、彼は年中黒や濃紺などの暗い色目のものばかり着るので、忍は見ているだけで脅されているような気分になって緊張し、憂鬱《ゆううつ》な気持ちにさせられる。ベージュ色をした麻のスーツに明るい柄物のネクタイを合わせたウィリアムの姿が忍にはひどく新鮮で、惚れ惚れと見惚《みと》れてしまうような男らしい体型をしていることもあり、忍の胸を奇妙に高揚させた。

予期していなかったグラナダでの夜。

いてはいけない場所にいるのだという不安に心の奥深くで絶えず苛《さいな》まれつつも、忍はウィリアムの傍にいられることが嬉しかった。

ウィリアムに案内されて市庁舎近くのレストランで遅めのディナーを楽しみながら、忍はずっと、これは夢ではないかと考えていた。船の中でさえも許されたデッキにしか出られず、自由に歩き回ることも認められていない。そんな境遇に置かれている自分が、グラナダという歴史的遺産が眠る都市で、昼間初めて出会ったばかりの青年貴族と、微笑みながら食事をしている。とても現実のことだとは思えなかった。

このレストランで出しているのは、バスク地方の料理だという。バスク地方というのは、ビスケー湾に面したフランスとの境にある土地だそうだ。ウィリアムは豊富な知識を持っている。世界中を気儘に旅して回っていて、自宅があるニューヨークには年に三分の一も戻らないらしい。あまりにも境遇が違うため、忍は羨《うらや》ましく感じるよりも、別世界の住人の話を、物語を聞くような感覚で受けとめるばかりだ。

「酔った？」

ちょっとぼうっとしていたら、すぐにウィリアムが心配そうに忍の顔を覗き込んできた。

「あ、いいえ」

忍は慌てて手を振り、否定する。

せっかくの夜だから少しくらいアルコールをどうだろう、と勧めてくれたウィリアムを後悔させるのは本意ではない。普段は口にする機会もないシェリー酒やワインに少し酔ってはいたのだが、ふわふわした気分がむしろ心地よかった。

「なんだか僕は忍を振り回してばかりいるみたいだな」

ウィリアムが申し訳なさそうな表情を浮かべる。

思いもかけない発言に忍は戸惑った。いっきに酔いが覚めた気分だ。忍はウィリアムに感謝こそしていても、迷惑だなどと感じてはいない。

「……振り回しているのは、僕の方です。ウィリアム」

「忍」

ウィリアムの口調が改まる。

「はい？」

忍も僅《わず》かに背筋を伸ばして緊張した。ウィリアムの表情はそれほど真剣だったのだ。

「今日は本当にいろいろあったね。僕はまだきみのことをほとんど何も知らないけれど、この偶然の出会いを心の底から嬉しいと思っている」

「ウィリアム。……ごめんなさい、僕……」

助けてもらってさんざん迷惑をかけておきながら、身勝手にもほとんど事情を明かしていないことを、忍はひしひしと申し訳なく感じた。表情が曇ってくるのが自分でもわかる。できることなら明るい顔を見せたいが、なかなか気分を奮《ふる》い立《た》たせることができず、しょんぼりとしてしまう。

「謝らなくてもいい」

ウィリアムの方がかえって面食らったようだ。

「僕はなにもきみを責めてやしない。確かにきみが多くを語ってくれないのには焦《じ》れったさを感じもするが、僕は無理に聞き出したいとは思わない。ただ……もし忍がもっと俺を信頼してくれて、事情を話す気になってくれたら、できるだけ力になりたいと思うばかりだ」

話せるものなら話したい――忍は胸の奥で強くそう思った。

だが、打ち明ければウィリアムは困惑するだろう。忍が置かれている立場の複雑さ、奇異さに唖然とし、聞いたことを後悔するかもしれない。忍自身も、ウィリアムにこの境遇から救ってもらいたいなどとは考えてもいなかった。

祖父に逆らうことができる人など、そうそういるはずがないのだ。

日本の政財界を裏で操《あやつ》る大物――。

忍はいまだ祖父に直接会ったことはないが、阿久津や部下たちが「御前《ごぜん》」と呼び、心の底から恐れて忠誠を誓っている様子を見ているだけで、どれほど大きな力を持った人なのか想像ができる。なにしろ、実の息子である父も、自分の父親が孫である忍にしている仕打ちを黙認し、異を唱えようとさえしないほどなのだ。もっとも、阿久津の弁によると、忍の父親はすべてに対して厭世的になっており、周囲のことにはいささかも頓着《とんちゃく》せず、ただ茫洋《ぼうよう》と祖父の言うとおりに動く人形と化しているらしい。阿久津は忍をさらに絶望させようと思っているのか、実に意地の悪い表情と声音でそれを告げ、だから逃げようなどと考えるな、と暗に釘《くぎ》を刺す。忍には船を下りてもどこにも身を寄せる場所はなく、守ってくれる相手もいないのだ。

激しい孤独感に不安が込み上げて眠れない夜を過ごすことにはもう慣れた。船に閉じこめられていることは辛いが、なんの当てもないまま陸に上がり、追っ手に怯《おび》えながら暮らしていくことは、それよりもっと大変な重圧となって忍を苦しめるだけだろう。

結局、無力な忍は祖父に逆らえないのである。

忍はこの逃避が長く続くものではないと覚悟していた。部下の報告を受けた阿久津は、すでに行動を起こしているはずだ。見つけだされるのは時間の問題だと腹を括《くく》っている。

ただ、優しく親切なウィリアムといると、できるだけ一緒にいられる時間が長くあって欲しいと望まずにはいられない。

見ず知らずの他人である忍のためにこれほど親身になってくれた人を、忍は他に知らない。純粋に嬉しかった。ウィリアムの緑色の瞳は、美しく澄んでいる。打算などいっさい感じさせないし、世間知らずの忍を騙《だま》そうとしているふうでもない。忍はウィリアムなら信じられると本能的に感じていた。英国貴族の血筋を汲むというのも嘘ではないだろう。少なくとも、立ち居振る舞いの優雅さや完璧なテーブルマナーが単なる見かけ倒しではなく、ウィリアムの日常に根ざしたものだということは、疑うべくもなさそうだ。

明日になればきっと居場所を突き止められ、連れ戻される。悲しいかな忍はそれを確信していた。


なぜあのとき、一瞬でも逃れたいと思ったのだろう。

忍は自分でもそのことが一番不思議だった。

ウィリアムの顔を見た途端、なんとも言いようのない想いが込み上げてきて、考えるより先に助けてくださいという言葉が滑り出てしまったのだ。この人ならどうにかしてくれる、と咄嗟の勘で思ったのかもしれない。たまたま肩をぶつけてしまった人がとても優しく誠実そうな目をしていたものだから、つい頼ってしまったのかもしれない。

事情を話せばウィリアムは、きっとなんとかしたい、と真剣になってくれる気がする。

だからこそ、忍は逆に話せない。忍の事情は深刻すぎて、いくらウィリアムが地位も財産も申し分ない英国貴族の末裔であろうとも、どうにもできないことだと思うからだ。

少し長めの沈黙の後、忍は精一杯明るく微笑んでみせた。

「ありがとう、ウィリアム。僕はその気持ちだけでもとても嬉しい。でも、ウィリアムは事を重大に想像しすぎているんです。僕はただ、過保護な両親が旅の目付役に同行させた、頭の固い分からず屋の家庭教師にうんざりとして、勝手にホテルの部屋を抜け出してきただけなんです。それ以上の事情はありません」

「そう」

ウィリアムは忍の目を注意深く見据えたまま、短く返事をした。どうやら納得したわけではなさそうだったが、そのまま唇を閉ざし、頭の中で考えを巡らせているようだった。

嘘をついてしまった忍はひどくバツが悪かったが、やがてウィリアムがフッと表情を緩め、優しく笑いかけてくれたので、ようやく肩の力を抜くことができた。

「さぁ。せっかくの夜だ。これからきみをロス・タラントスに案内しよう」

「ロス・タラントス……?」

「さっき王宮から眺め下ろしたサクロモンテの丘にあるタブラオだ。居酒屋みたいなものかな。グラナダでは有名なところで、ジプシーが住む洞窟《どうくつ》を使った舞台で本場のフラメンコが観られる。

「行こう」

「あ、はい」

ウィリアムは話をしている間にもウエイターを呼びつけてカードでチェックを済ませると、勢いよく立ち上がる。

忍もつられて椅子から立ち、ウィリアムの背中を追いかけた。

ウィリアムは忍のために、今夜少しでも多く思い出を作ろうとしてくれている。そう感じて、忍はじわっと目頭が熱くなってきた。きっとウィリアムは明日にも忍が元の場所に戻る覚悟をしていることを察しているのだ。そしてそれが決して忍の意志ではないことにも気付いているのに違いない。ウィリアムは大人だ。深入りされることを拒絶した忍の気持ちを尊重し、それならば何も聞かないで自分が今できることをしてやろう——そう決心したのだと思う。忍はそんなウィリアムの気持ちが嬉しくて、もう少しで涙が零れそうになった。

ロス・タラントスでのショーは午前零時まで行われている。

ウィリアムはサクロモンテの丘に向かう途中、アルバイシン地区にあるサン・ニコラス教会に寄り、教会前の広場からシエラ・ネバダの峰々を背景にしたアルハンブラ宮殿の夜景を見せてくれた。それは筆舌に尽くしがたい美しさで、忍は目にする景色のあれこれを逐一《ちくいち》胸に刻み込むようにして記憶した。

「……またいつか、忍とこの景色を眺められる日がくるといい」

傍らに立っていたウィリアムがポツリと言った。

忍が思わずウィリアムの顔を見上げると、ウィリアムは微動だにせず遠くを見つめながら、何事か決意したような、ひどく引き締まった表情をしていた。

凛々《りり》しいその横顔が、忍の心に宮殿の景色同様に焼きつく。

たぶん、この先ずっと、今日のことを忘れない……忍は胸の中でそう呟き、もう一度サビーカス丘陵《きゅうりょう》に建つ堅牢な城塞を見つめた。


昨夜ベッドに入ったのは午前二時過ぎだった。

ウィリアムはカーテンの隙間から入り込んでくる眩《まばゆ》い朝日に気がついて起きるより先に、微かに聞こえる水音で目を覚ました。シャワーがタイルを叩く音だ。

傍らのベッドを見やる。

そこに忍の姿はなかった。

ウィリアムがゆっくりと体を起こそうとしたとき、水音がぴたりと止んだ。

それからややして浴室のドアが開き、バスローブを羽織《はお》った忍が出てくる。

「ウィリアム」

忍はヘッドボードに凭《もた》れているウィリアムに気付くなり、恥ずかしさと申し訳なさとが交ざった声を出す。

「おはよう、忍」

ウィリアムは忍を見て目を細めた。

軽くタオルで水気を取っただけなのか、しっとりと濡れた黒髪が細く白いうなじに張りついている。緩く衿を合わせたバスローブの隙間から覗く鎖骨が、忍の華奢な印象を強める。

「ごめんなさい、先に浴室使わせていただいた上にうるさくして」

「なに。構わないよ」

そろそろ起きる時間だ。枕元に置かれた時計の示している時刻は八時半。いつもより寝過ごしてしまった。それというのも、ベッドに入ってからもずっと隣で眠る忍のことばかり考えていて、なかなか寝つけなかったせいだ。

忍の身の上に関してよけいな詮索《せんさく》はしないでおこう、と一度は自分を戒《いまし》めたのだが、やはりどうしても気になった。

知り合ってからまだいくらもたたないが、ウィリアムはすでに忍の本質を見抜いていた。優しくて思いやり深く、自分のことより他人のことを気遣って常に謙虚なところは、今までに散々辛い目に遭ってきたせいだろう。忍からは年相応の我が儘さや利己主義、興味本位の行動や快楽の追求に貪欲《どんよく》といった部分が少しも感じ取れない。可哀想にと思うのと同じくらい、いや、むしろその倍ほども、ウィリアムは健気でどこか幼気な忍が愛しかった。

ウィリアムは変な意味ではなく純粋に忍に興味を持ち、すっかり惹かれてしまっている。忍と恋愛関係になれれば願ってもないが、それ以前にまず一人の人間として忍に参っているのだ。もっと一緒にいたい。もっといろいろな話をして互いのことを理解し合えるような関係になりたい。

そのためにはどうすればいいのか、ずっと考えを巡らせていた。

「昨日は眠れた?」

自分のことはさておいて、ウイリアムは忍に訊ねた。

「はい」

忍がはにかみながら一言だけで答える。

実際は不安な気持ちが募ってよく休めなかったのでは、と思うのだが、ウィリアムは納得したように頷いてみせた。

「髪の毛、まだ濡れてるじゃないか。僕に遠慮してドライヤーを使わなかったんだね。僕ももう起きるから、よく乾かしておいで」

「はい」

ウィリアムは忍がドライヤーをかけにバスルームに戻った後、書き物机の上に載せられたルームサービスメニューを開いた。それを眺めている間に、忍はドライヤーでざっと髪を乾かしてバスルームから出てくる。

「忍。朝食を頼もうと思うんだが、きみは何がいい？」

「あ……あの、僕はコンチネンタルを。朝はいつも食欲がないので」

「わかった」

「ウィリアム」

ウィリアムは忍に名を呼ばれ、受話器を取り上げようとしていた手を止めた。

振り返ると、忍は照れくさそうに視線を外す。

「……本当に何から何までありがとう」

こんなふうにあらたまって感謝されると、ウィリアムは別れの時がすぐそこまで迫っているような気がして、落ち着かなくなってきた。心がざわざわと騒ぐ。このまま手をこまねいて見ているだけでいいのか、後悔しないのか、と頭の中で誰かが囁く。一度忍と別れたら、もう二度と会えなくなる。そんな不穏な予感がする。しかし、ウィリアムには、具体的に何をどうすべきかわからなかった。

「忍」

迷いが影響したのか、声が硬くなる。

忍は逸らしていた視線を戻し、ウィリアムの目を見て遠慮がちに言い足した。ウィリアムが感じている漠然とした不安を払拭《ふっしょく》させるように、明るい声を出す。

「もしよかったら、僕がルームサービスに電話を入れておきます。ウィリアムはシャワーを使ってきてください。僕も……少しはお役に立ちたいんです」

「そう？」

忍が心からウィリアムに何かしたいと思っているのが伝わってくる。

ウィリアムは暗雲のように垂れ込めてきていた暗澹《あんたん》とした気持ちをどうにか振り払った。何も心配いらない。今日は始まったばかりだ。

「じゃあ頼むよ。僕はスクランブルエッグとベーコン、ジュースはクランベリーにしよう。それからコーヒーだ」

「はい。わかりました」

忍がウィリアムのすぐ傍まで歩み寄ってくる。

ウィリアムは忍の肩に手をかけた。

「きみが着ていた服は昨夜のうちにランドリーサービスから戻ってきて、クローゼットに掛けてある」

そう言うと、まるでシンデレラが夢から醒めるように、いっきに現実が二人の肩にのしかかってきた。できるならもっともっと忍との時間に長く続いて欲しいが、いくらその場を凌《しの》いだところで、いずれは覚悟を決めなければならない時がくる。

ウィリアムは潔《いさぎよ》く現実を直視し、そこから先のことを考えねばならない。

「朝食が済んだら、ヘネラリフェを散策するのはどうかな。アセキアのパティオがとても美しいので、きみにも見てほしい」

ウィリアムは忍の黒い瞳をじっと見つめた。

自分でも、声に熱が籠もっている自覚がある。

その熱に押されるように忍はこくりと首を縦に振り、同じようにウィリアムを見つめ返した。

心と心がきちんと通じ合っている手応えを感じ、ますます別れがたい気持ちが募ってくる。

シャワーブースに入ったウィリアムは、どうすればいいのか頭を悩ませていた。

考え事をしながらタオルに石鹸《せっけん》を泡立てて腕を洗っているとき、室内に来客を知らせるインターホンが鳴るのが聞こえてきた。

インターホンは一度しか鳴らなかった。すぐに忍がドアを開けたのだろう。

ルームサービスのことがあったので、初めウィリアムは短絡的《たんらくてき》に「もう来たのか」としか思わなかった。しかし、少ししてからふと違和感を覚えた。ルームサービスが来たにしては、あまりにも早すぎる。おまけにいつまでたっても人の声やテーブルをセッティングしているような物音が聞こえてこない。

ウィリアムはおかしいと感じ、タオルを放り出してシャワーブースから飛び出すと、バスタオルを腰に巻き浴室のドアを勢いよく開けた。

案《あん》の定《じょう》、部屋には誰もいない。

「忍っ！　忍？」

ウィリアムは声高に叫びつつ廊下に顔を出したが、そこにも人影は見あたらなかった。

激しい焦燥感に頭が混乱する。

まさか、こんなに突然別れることになるとは考えもしていなかった。

あの礼儀正しい忍が、ウィリアムに黙っていきなり出ていくなんて考えられない。誰かに連れ去られたのに違いない。

ギリリ、とウィリアムは歯軋《はぎし》りをした。

あまりにも迂闊だった。

たぶんルームサービスが来たと思った忍は、警戒もせず、ドアを開けてしまったのだろう。それとも、もしかすると相手がルームサービス係を詐称《さしょう》したのかもしれない。

忍を迎えに来た人間は、ただの家庭教師ではないのではないだろうか。そもそも、ショッピングセンターで忍を追いかけていた男は、とても家庭教師には見えなかった。むしろ、マフィアのような印象すら受けた。この部屋に忍がいることをあらかじめ突き止めていて、うまく連れ出すチャンスを狙っていたという可能性は十分にある。

くそっ。ウィリアムは珍しく舌打ちした。

クローゼットを開くと、ずらりと吊るされたウィリアムの衣装と一緒に、昨日忍のために買った二着分の上下が残されている。

「忍……」

ウィリアムはそれらに触れながら、苦々しさとせつなさで胸がいっぱいになってしまった。ここには確かに忍がいたという証拠が残っているのに、ウィリアムは忍とどんな約束も交わす間もなく置き去りにされたのだ。

このままではあまりにも中途半端だ。

ウィリアムの中で徐々にある決意が固まりつつあった。

どんなことをしても忍を探し出そう。

幸い、ウィリアムには時間と金と社会的な力がある。今まで特に利用価値を見いだすこともなかった旧家の御曹司《おんぞうし》としての立場を、この際徹底的に利用することも厭《いと》わない。

　こんな激しい情動に駆られるのは初めてだが、ウィリアムはもう、一歩も退かない覚悟をつけていた。

マラガの岸壁《がんぺき》で車から下ろされた忍は、沖合に停泊していたはずの『ホワイト・シンフォニー』号が港に入っているのを見てきゅっと唇の端を嚙んだ。

またあの船に乗るのだ。姿形は例えようもなく美しいが、忍にとっては監獄《かんごく》そのもののあの船に。心の中で深々とした溜息をつく。

全長一三五メートル、船幅一九メートル。外洋クルーズ用の客船としては小振りな方だとロバートは言うが、忍一人を閉じこめておくための檻だと考えればあまりにも贅沢な代物だ。気品に満ちたシルエットは港に船を見に来ている人々の注視を集めている。これが日本の一個人が所有するクルーザーだとは、おそらく誰も思いもよらないだろう。

忍は恐い顔をした阿久津の部下に急がされ、税関で出国手続きを済ませた後、追い立てられるようにして船まで歩かされた。ほんの僅かでもぐずぐずした素振りをみせると背中を押される。

タラップを渡り終えた先には阿久津が待ち構えている。苦々しげに歪んだ顔をして、怒りを湛えた残酷な目で忍を睨む。

覚悟はしていたが、実際にこの場に臨むとどうにも恐ろしさを感じて、足が竦む。

「お帰りを今か今かと首を長くしてお待ちしていましたよ、忍さま」

阿久津が唇をねじ曲げて皮肉を言う。

忍は目を伏せ、黙って顔を阿久津から背けた。

阿久津の後方にはロバートが立っている。ロバートは忍と目が合うと、申し訳なさそうに瞼を瞬《まばた》かせた。僕は大丈夫——忍はロバートにそう目で伝える。むしろ心配なのはトマスのことだ。

「船長。すぐに出航だ」

阿久津は有無を言わせぬ強い口調でロバートに命じ、ロバートをその場から立ち退かせた。

乗組員がロバートの指図でタラップを引き上げる。

「さぁ、忍さまはこっちに来てもらいましょうか」

船が動き出すより先に、阿久津は忍の腕を乱暴に引くと、船内に連れ込んだ。

ディナー用の丸テーブルがいくつも据えられた広い部屋を通り抜け、赤い絨毯《じゅうたん》を敷き詰めた階段を上る。

腕を摑まれて半ば引きずられるような勢いで歩かされるので忍は痛みに顔を顰めた。けれど、抗議の声や苦痛を訴える呻《うめ》き声は堪《こら》えて洩《も》らさない。洩らしたところで阿久津が手加減してくれるはずもないと知っているからだ。

最上階デッキにある贅沢で美麗な客室のドアを開け放ち、室内に入ってからも、まだ阿久津は忍を放さず、奥のベッドルームまで引っぱっていった。

そこでようやく手が離れたかと思うと、乱暴に背中を突き飛ばされた。

「あっ！」

悲鳴を上げて倒れ込んだ体を、ベッドのスプリングが軋《きし》みながら受けとめる。

忍は大きなダブルサイズベッドの上で体の向きを変え、こわごわと阿久津を振り仰いだ。

阿久津の目はさっきよりさらに陰湿な色を濃くしている。忍の背中を悪寒が走り抜け、全身が総毛立つ。

「私の留守を狙って船を下りるとは、ずいぶん大胆なまねをしてくださいましたね」

射殺《いころ》されそうな視線で睨み据え、低い声で凄まれる。

忍は顎《あご》を震わせながら、メイクされたままのベッドカバーに覚束《おぼつか》なげに指を立てた。

「パスポート、お出しなさい」

阿久津が腕を伸ばして手のひらを差し出す。

忍はシャツの胸ポケットに大事にしまっていたパスポートを抜き出すと、黙って阿久津の手のひらに載せた。下手に躊躇していると、今にも阿久津が掴みかかってきそうな気配があり、逆らう気にはとてもなれない。

受け取ったパスポートをすぐに自分の上着のポケットに入れた阿久津は、フン、と忌々しげに鼻を鳴らした。

「誰の入れ知恵です?」

きつい口調で問いつめられる。

忍は緊張してこくりと喉を上下させた。

「……誰も」

「嘘を吐《つ》くのはおよしなさい！」

否定した途端、恐ろしい勢いで阿久津に怒鳴りつけられる。

忍はビクッと身を竦ませたが、それでも断固として首を横に振った。

「本当に、僕が勝手に外に出たんだ。誰の入れ知恵も受けてない」

恐いのを堪えて阿久津の目を真っ直ぐに見返しながら断言する。ここで少しでも目を逸らせば負けだと思った。疚《やま》しいことがある、つまり、嘘を吐いていると阿久津に確信させることになってしまう。

しばらく忍を睨み据えていた阿久津は、忍が強情を張ってどうしても発言を翻《ひるがえ》す気がないとわかったのか、大きく舌打ちした。

ぐっとベッドサイドに身を寄せてくる。

忍は阿久津の迫力に押されるようにして、腰の位置を奥へとずらし、少しでも間合いが詰まるのを避けようとした。阿久津は粘着質な性格だ。興奮して気が高ぶると何をされるか予測できない。

体を逃がす忍に、阿久津は不穏な笑みを浮かべた。相手が怖がっているのがわかると、どんどん残酷な気分になる質《たち》なのだ。

「もう二度と今度のようなまねはしないと、はっきり誓ってもらいましょうか」

「しない」

忍は感情を押し殺して答えた。

答えた後で、一瞬だけウィリアムのことが脳裏《のうり》に浮かんだが、すぐに頭から追いやる。

もう夢は醒めたのだ。

忍の前には過酷な現実が横たわっているのみである。

覆い被さるような体勢で忍を追いつめていた阿久津が、ようやく体を退く。阿久津が顔を遠ざけたので、忍は息苦しさと激しい緊張からいくらか解放された。

「しかし、忍さまはやはりあの不埒《ふらち》で厚かましいあばずれ女の血を引いておられる」

やっと解放されたと思いきや、阿久津の口から聞くに堪えない醜悪な言葉が出て、忍は蒼白になった。

「母さんの悪口はやめて！」

とても冷静ではいられない。

敬愛していた母を悪く言われるのは、自分自身を罵倒されることの何倍も辛い。忍には我慢できなかった。

「いくらあなたでも、それだけは許さない」

興奮のあまり言葉まで震えてくる。

忍はめったにないほどきつい眼差しで阿久津を凝視《ぎょうし》した。

「おお、恐い」

阿久津が戯《ふざ》けて肩を竦めてみせる。

「いつもは海に突き落とされようが悲鳴一つ上げない人形みたいなあなたが、ちょっと母親のことに触れられただけでこれほど激昂《げっこう》するとは。息子にここまで愛されて、彼女もあの世で嬉し涙を流していることでしょうよ」

「僕を海に落としたいのなら、いますぐデッキに連れていけばいい」

「まさか」

本気で言った忍の言葉を、阿久津は嘲笑して受け流す。

「今まで三年間、私が洋上での窮屈な生活を我慢してきたのは伊達《だて》や酔狂《すいきょう》じゃないんですよ。あと三年。日本にいらっしゃるあなたの義理の弟殿が成人すれば、私の仕事は完遂する。六年間の代償として莫大な報酬と、あなたを自由にできる権利をいただけるというのに、その前にむざむざ死なせるわけがないでしょう」

「どうかな」

忍は精いっぱい冷めた口調で呟いた。

いつもそうだが、自分のことに関しては他人事のように反応してしまう。それだけ忍はすべてを諦め、絶望しているのだ。陸にいて、ウィリアムと楽しいことばかり語らっていた間はその虚無的な気持ちを忘れていられたのだが、忍を暗鬱《あんうつ》たる気持ちにさせる船に戻ってくると、たちまち元の通り感情が冷えていく。

「僕はまだ一度も日本のお祖父様《じい》に会ったことがないけれど、お祖父様は僕が船から海に飛び込んで死ぬことを、むしろ望んでいらっしゃるのではないかと思うよ」

手を汚さずに忍がこの世から消えるなら、祖父は諸手《もろて》を挙げて喜ぶだろう。そのことを忍はかけらも疑っていない。三年前、部下に母を射殺させても躊躇しなかったほど恐ろしい人だ。自分の意に添わぬ事は断じて許さず、徹底的に邪魔者を排除する。

「僕が死ねば、この船を外洋に出しておくためにかかる、気の遠くなるような巨額の費用が不要になる。そうでしょう?」

「さぁね。御前のお考えを詳しく伺うようなことは、我々には許されていませんからね」

阿久津の言うことは本当なのだろう。

阿久津は阿久津で、忍をいずれ自分の好きにしたいと思っているからこそ、六年間辛抱することにしているのだ。

祖父にしても、三年前の射殺事件の記憶もまだ完全に消えやらぬうちから忍を事故死させるようなことをして、周囲に疑惑を持たれるのは望んでいないはずである。日本に連れ戻して無理やり自分の決めた女性と再婚させた父の手前もあるのかもしれない。祖父にとって大事なのは、身《しん》代《だい》をかけて築き上げてきた自分の王国を守ることだけなのだ。そのことを阿久津の弁からうっすらと理解したとき、忍はあまりの残酷さ、情け容赦のなさに、身震いした。そのためにニューヨークの片隅で幸せに暮らしていた親子三人の生活を踏みにじり、死と監禁でバラバラにした挙げ句、父を魂の抜《ぬ》け殻《がら》のようにしてしまうとは、正気の沙汰ではない。

そもそも父の目には母しか映っていなかった。

母の血を引く忍にもそれなりの愛情は注いでくれていたが、父子二人で向き合うと、なんとなくしっくりとこない居心地の悪さを幼い頃から感じたものだ。

日本の政財界に大変な影響力を持つ龍造寺《りゅうぞうじ》家の長男として生まれた父は、大学時代に知り合って恋に落ちた母との結婚を強固に反対されて、二人でニューヨークに逃げた。父も母も法学部出身で、揃って司法試験に合格していた。渡米してからも新たにアメリカでの資格を取得し、弁護士をして生計を立てることができた。二年後には忍が生まれ、忍が十五になるまで一家三人は何不自由ない暮らしをしていたのだ。

祖父が父を放置していたのは、それまで父の弟、つまり忍の叔父が存命だったからである。

ところが、その叔父が四年前に突然の死を迎えてしまってから状況は一変した。祖父には絶対に血の繋がった後継者が必要だったのだ。

それで、長男である忍の父を連れ戻しにきた。

祖父が必要としたのは父だけで、忍と母は邪魔な存在だったのだ。

母が撃ち殺されてしまったのは無理に連れ去られそうになった父に取り縋り、離れなかったからだ。母もまた父に負けないくらい、父を愛していた。父と離ればなれにされることは考えもつかない悲劇で、とても受け入れられる現実ではなかったのだ。半狂乱になって縋りつく母に手を焼いた男の一人が、苛立って銃を撃った。後の裁判では威嚇《いかく》するだけのつもりだったと釈明していたが、弾は母の眉間を打ち抜き、即死だった。

忍は幸運にもその一部始終を見ていない。ちょうど仲のいい友人宅に遊びに行っていた間の出来事だったからだ。これらはすべて後からいろいろな人の口を通し、少しずつ聞き集めてわかった状況だ。

忍がショックで一ヶ月あまり口が利けなくなっている間に、すべては祖父の指示によって強引に進行されていた。

父は日本に帰国させられた後、連れ子のいる十歳も年下の女性と再婚させられたらしい。

一方の忍は、身元預かり人として名乗りを上げた祖父に、気晴らしを兼ねた船旅をしながら日本に来るようにと言われて『ホワイト・シンフォニー』号に乗船させられた。そして、そのまま今に至るまで、ずっと洋上を彷徨《さまよ》う羽目になってしまった。忍はまんまと騙されたわけである。祖父は最初から忍を日本に呼ぶつもりなどなかったのだ。

三年間も海の上に閉じこめられていれば、心も凍ってしまわざるを得ない。感情をできるだけ殺し、何も考えない、望まない、に徹《てっ》する。そうしなければ気が狂ってしまいかねなかった。船長のロバートをはじめとする乗組員たちが忍に同情し、好意的なことだけが唯一の救いだ。もし彼らまで祖父や阿久津の味方だったなら、忍はとうに自分から海に身を投げて死んでいたかもしれない。

父の再婚相手である女性の連れ子、龍造寺泰我《たいが》が成人すれば、船から下ろしてやる——祖父は一度だけ電話で忍と話をしたとき、そう約束した。不気味に嗄《しゃが》れた声をしていて、威圧的な物言いがいかにも自己中心的な、他人を踏みにじることにいささかの罪悪感も持たない老人だという印象を忍に与えた。

当初の祖父の目論見《もくろみ》としては、自分が選んだ女性と父の間に子供を作らせ、腑抜《ふぬ》けのようになってしまっている父の代わりに、その子供を自分の後継者として英才教育するつもりでいたようだ。再婚相手はとある政治家の隠し子で、政治家と祖父の間に何らかの約束事が出来上がった果ての政略結婚だという。二人の間に子供ができることを、両者は待望していたのだ。

だが、父はもともと精子の少ない男で、再婚相手の女性との間にはいまだに子供ができない。泰我を未婚のまま十七歳で産んだ女性は今年三十四歳。そう気長に傍観していられる年齢でもない。

そこで考えた苦肉の策が、連れ子の泰我を後継者として二十歳の誕生日にお披露目《ひろめ》する、というものだ。

皆が皆すんなりとそれで納得すれば問題はないのだが、世の中そうは簡単にいかないのが常である。龍造寺の血を一滴も引いていない戸籍上の孫に王国の覇権を渡すくらいなら、むしろ忍の方こそが正統な跡継ぎではないか、とする向きが現れ、二手に分かれて真っ向から対峙《たいじ》する構図が生じた。

さすがの龍造寺翁《おう》もこの意見には頭を悩ませたことだろう。後継者問題は簡単ではない。後々のことを考えるなら、幹部全員に泰我を認めさせることは必至だ。そうでなくては王国を堅牢なまま維持できない。忍はとんでもない騒動の種だったのだ。

泰我が成人するまで、もしくは二人の間に正式な子供が生まれるまでは、忍をどこかに隔離しておくしかない。そこで龍造寺翁は、当初の予定を延ばし、忍の洋上監禁を三年から六年に延ばした。十五歳の子供を一人でニューヨークに置いておくのは世間体《せけんてい》が悪い。十八になるまで仕方なく面倒を見るつもりで船に乗せたのだが、事情が変わったわけである。いかに忍派の人間が真剣でも、龍造寺翁の命令で海に浮かんでいる豪華客船に閉じこめられているとなっては諦めるほかない。

そもそも龍造寺翁が忍を船に閉じこめたのは、気にくわない女の息子と顔を合わせたくなかったこと、女の代わりにその息子である忍に苛立ちをぶつけ、罪を償ってもらおうと理不尽なことを考えたためであることは疑えない。

忍を確保できない以上、周囲も沈黙するしかなくなったようだ。

あと三年。今十七歳の泰我が成人すれば、龍造寺翁は内外に向けて泰我を正式な跡継ぎとして宣言し、王国の利権の半分を年端もいかぬ大学在学中の孫に譲るつもりでいる。

噂に寄れば、泰我は実は龍造寺翁の隠し子なのではないかとも密かに囁かれている。それが事実かどうかは定かでないが、龍造寺翁が血縁に拘《こだわ》りながらも正統な血をひく孫の忍より泰我を押す理由としては納得がいく。泰我の父親が誰なのか公にできないのも当然だろう。

忍は龍造寺の覇権争いには興味がない。もちろん、財産を分与してもらいたいともまったく考えていなかった。

早く解放されたい。

ただそれだけを望んでいる。

しかし、それすらも、どうやら許されなくなっているようだ。

阿久津と祖父の間で忍についてそんな約束が交わされていたことを、忍は今日まで全然知らなかった。

もう一生自由にしてもらえないのではないか。果たしてそれで生きている意味があるのか。そんな絶望が込み上げてくる。

気がつくと、阿久津は部屋から消えていた。

忍は服を着たままベッドに横になり、うつろな目に広い寝室内を漠然と映していた。

もう何も考えたくなかった。


ベッドに横になっているうちにうとうととしてきたらしい。

船室のドアを叩く音で目が覚めた。

「誰?」

阿久津ならノックもなく無遠慮に入ってくる。それ以外で誰かがここに来るとすれば、船長か一等航海士のジョルジュだ。少なくともこれまでの例ではそうだった。

「ジョルジュです、忍さま」

外からかけられた声に、忍はすぐさまドアまで歩いていき、重厚な樫木《かしぎ》のドアを開けた。廊下に立っているのは金髪の巻き毛が華やかな印象の、若いエリート航海士だ。阿久津と同じ年齢なのに、老獪《ろうかい》で小狡《こずる》い顔つきをした阿久津と、爽やかな笑顔を振りまくジョルジュとでは与える印象が全然違う。忍はフランス語訛《なま》りのある英語を喋るジョルジュに、いつも和ませられている。激しく気落ちしている今でもそうだ。

ジョルジュは両手に大きなトレーを抱えていた。トレーの上に載っているのは、シェフたちが腕を振るったと思《おぼ》しきアフタヌーンティーのセットだ。焼きたてのスコーンが空腹をくすぐるよい匂いをさせている。

そういえば今日は朝から何も口にしていない。

忍はまたもや、ウィリアムに思いを馳《は》せた。朝食のルームサービスを偽った阿久津の部下にいきなり当て身を食らわされて意識をなくしたため、あれほど迷惑をかけ、世話になったウィリアムに一言も告げることなく出てきてしまったことがとても心残りだ。せめて一言、帰りますと断ってから別れたかった。もっとちゃんとお礼も言いたかった。だがすべては叶わないことで、気がつくとマラガへと向かって走る車の中だったのだ。

きっともう二度と会えない。

忍は再び気が滅入《めい》ってきた。もう三年後にも望みを託せないと知ってしまったせいだ。阿久津がウィリアムと忍を会わせてくれる可能性は、ほとんどない。阿久津は一度受けた仕打ちは執念深く覚えているという陰湿な性格をしている。三年経ってもウィリアムのことは忘れないだろう。忍の逃亡に手を貸したのがどこの誰か、調べ上げているはずだ。

「元気を出してくださいね」

ジョルジュは忍を慰めるようにと、いつも以上に明るい表情をする。青い瞳には憐憫の色が浮かんでいるようだ。

「ありがとう」

忍はジョルジュがティーテーブルに手際よくお茶の用意をするのを見守った。

「……ところでジョルジュ」

いつもは黙って支度が整うのを待つのだが、今日はどうしても聞かずにはいられなくて、忍は遠慮がちに切り出した。

「トマスは、どうしてる？」

忍はずっとそのことが気がかりだった。阿久津のことだ、忍の前では納得した素振りを示しても、街であのタイミングで部下と出会したトマスを放っておくとは思えない。トマスが忍の逃亡を手助けしたと考える方が自然ではないだろうか。忍は自分のせいでトマスが酷い目に遭っていたらと考えると、居ても立ってもいられなくなる。

ジョルジュは忍の口からトマスの名が出ると一瞬だけ顔を曇らせた。

しかし、すぐさま快活な笑顔に戻る。

「ミスター・アクツに何発か殴られたり蹴りを入れられたりしていましたけど、船長が、暴力は困る、トマスは大事なクルーだ、って間に割って入ったので、諦めたみたいです。だから心配はいりませんよ。なんといってもトマスは頑丈なやつですからね」

むしろ自分たちは忍が阿久津に乱暴なことをされないかどうか心配している、とジョルジュは言った。

忍はそれに対しては大丈夫、ときっぱり答え、トマスが動けなくなるほど酷い目に遭わされたのではないというジョルジュの弁に、ひとまず胸を撫で下ろした。

自分のことが原因で、阿久津がもしまたトマスや他のクルーに暴力を振るうようなことがあったら、忍はどうすればいいのかわからない。やはりもう二度と昨日のような無謀な行動はするべきでないと噛み締める。ロバートの気持ちはとても嬉しかったが、そのために乗組員に危険が及ぶことは彼も決して望まないに違いない。

トマスやロバートには家族がいる。万一のことがあれば悲しむ人たちがいるのだ。忍はそのことを頭に刻み込む。忍は家族をなくしたが、他の人をそんな悲しい目に遭わせたくない。そのために自分一人我慢すれば済むのなら、心を閉ざしてでも堪えるつもりだ。

給仕が終わるとジョルジュは心残りをはっきり表情に出しながらも、渋々部屋を出ていく。どうやら阿久津に「用事以外でよけいな時間を取るな」と厳命されているらしい。

最上階デッキは歩き回ることができるが、階段下には阿久津の部下が立ちはだかっていて、絶対に忍を下りさせないようにしている。ジョルジュが気の毒そうにそのことを教えてくれた。

それはもう仕方がないことだ。

むしろ忍は、阿久津がこの程度で忍への罰を諦めたことの方が意外なくらいである。祖父の手前があるからなのか、阿久津は決して忍には手を上げない。今度ばかりは頬の一つや二つ撲《は》り倒されても不思議はないと思っていたくらいだ。

船に連れ戻したからには、もう忍に逃げ場はない。じわじわと言葉で責めたり、これまで以上に自由を拘束したりして、二度とあんなまねはしないと反省させればいいと考えたのだろうか。

忍には阿久津の腹積もりが今ひとつ読めない。

スコーンとキューカンバーサンドイッチを食べ、プチガトーを二つほど摘むと、すぐにお腹がいっぱいになった。

三杯目のお茶を片手に持って、テラスの窓からデッキに出る。

広々とした板張りのデッキには、木製のチェアが二台据えてあり、いずれも分厚いクッションが置かれている。

チェアに横になって体を伸ばすと、傾きかけた赤い太陽が斜め上に見えた。

クルーザーは何事もなかったかのように快適な速度で巡航している。ジブラルタル海峡をとうに通り過ぎ、すでに大西洋に出ているようだ。

ニューヨークに着くまであと十二日。

忍は母の命日を指を折って数え、間違いなくそれが十三日後だということを確認した。母が亡くなったのは、三年前の七月十日だ。

思い出すたびに喉がカラカラに渇いてくる。

紅茶を飲んで乾きを癒し、忍はデッキチェアに横たわったまま目を閉じた。

ザザーン、サザーン、と船体に波がぶつかる音が聞こえる。規則正しいその音を耳にしていると、忍の心は少しずつ慰められていった。

可哀想な母。

母しか愛せなかった気の毒な父。

強引で、自分しか見えない傲慢《ごうまん》な祖父。

自分を含め、みんなみんな悲しい人たちだ。

忍は目を閉じたまま、いつしか目尻に浮いてきた涙を頬に流していた。

もうこの世にいない母のことは取り返しのつくことではないが、これ以上誰かが不幸にならずにすめばいい。忍は自分自身のことも含めて、みんなのためにそう思う。本当なら祖父を憎み、父の不甲斐《ふがい》なさを呪えばもっと楽になれるのかもしれない。けれどそれではあまりにも救いがなくて辛すぎる。憎むことや恨むことには、愛することと同じくらいのパワーがいるのだ。同じパワーを使うなら、せめて忍は負ではなくて正に向けて使いたい。

もし正に向けることができないのなら、むしろ何も感じたくないのだ。

――ウィリアム。

忍は優しくしてくれた青年貴族の整いきった顔を脳裏に浮かべ、せめて名前だけでも心の奥に刻み込んでおこうと決心した。

ウィリアムの名前を思い出すたびに、忍はこれから先も辛いことに立ち向かっていける気がする。

無茶をしたけれど、トマスとロバートにはとても迷惑をかけたけれど、忍は昨日のことを後悔する気にはなれなかった。

「お坊ちゃま、ミスター・グレイがお越しになっておいでででございます」

「ああ。すぐに通してくれ」

「かしこまりました」

「そうだ、クーパー！」

「はい。なんでございましょう、お坊ちゃま」

「僕のことを、お坊ちゃま、と呼ぶのはやめてくれないか。そんな歳はとうに過ぎている」

「はい。かしこまりました」

やれやれ、本当にかしこまったのだろうか。ウィリアムは老齢の執事《しつじ》の背中を見送りながら苦笑する。注意するのはもうとうに十回目くらいだ。どうもクーパーはウィリアムがいまだに襁褓《おむつ》をつけて絨毯の上や芝生の上を這っていたときのイメージが拭い去れないらしい。現在はニューヨークを離れてパリに居《きょ》を移してしまった両親についていかず、昔ながらの慣れ親しんだ住まいで生涯勤め上げたいと願い出た古参《こさん》の執事に、ウィリアムはとうてい歯が立たない。

しばらくすると、クーパーはスーツ姿の紳士を案内して戻ってきた。

「ようこそ、ミスター・グレイ…いや、スティーブ」

「やぁ、ウィリアム。元気にしていたかね。いやいや、相変わらずきみは血色がよくて健康そうだ。人間、健康が第一だからな」

二人はしっかりと握手を交わすと、さっそく本題に入るべく応接セットに腰を据えた。

クーパーはすでにお茶の準備に消えている。

「それで、わかっただろうか?」

ウィリアムは逸《はや》る心を抑え、できるかぎり冷静に話を聞こうと努めた。

「いろいろとわかったよ」

スティーブ・グレイが重々しげな調子で前置きする。それだけでウィリアムには、事の重大さが察せられた。ウィリアムはスティーブに、企業の信用調査や個人的な情報収集などで、さんざん世話になっている。スティーブがこんなふうにもったいぶった言い方をするときには、これから報告することに思いもかけない事実が含まれている場合が多いのだ。

下腹の迫《せ》り出した恰幅《かっぷく》のいいスティーブは、一見するとただの純朴《じゅんぼく》そうなおやじといった印象の人物だが、その実バリバリに腕の立つ調査請負人なのである。

「まず、きみの推察通り、あの日の正午すぎにマラガを出航した外国籍の船があった。船主は日本人で、名前はタダタカ・リュウゾウジだ」

「リュウゾウジ……?」

どこかで聞いたことがあるような気がする。ウィリアムは眉間に皺《しわ》を寄せ、記憶を手繰《たぐ》り寄せた。しかし、思い出す前にスティーブの口から説明される。

「龍造寺家は日本の政財界に絶大な影響力を持っているとされる大金持ちだ。現当主である忠敬《ただたか》は、いわゆる闇の首領のようなものだと考えてもらえばわかりやすいだろう。齢《よわい》七十二になる老人だが、たいそう矍鑠《かくしゃく》としている。フィクサーと呼ばれるにふさわしい横暴非道な人物らしい。きみが助けたという少年は、どうやらその龍造寺翁の実の孫のようだ。松下と名乗ったのは母方の姓になる」

「実の孫。それがなぜあんな奇妙な連中に追い回され、まるで見張られでもしているように自由に行動できないでいるんだ？」

「ウィリアム。きみ、三年ほど前にグリニッチビレッジのアパートで起きた発砲事件を覚えているか？」

「いや……わからないな」

「そうか、きみはその頃からすでに年中国外に出ていたからな。知らなくても無理はない」

「発砲事件と忍が何か関係しているのかい？」

「もちろんだ」

スティーブは大仰に肩を竦め、いいかい、というふうにウィリアムの顔を覗き込む。

「その事件で一人の日本人女性が撃たれて死んだんだが、彼女の名前はミユキ・リュウゾウジというんだ。アパートに住んでいたのは彼女の他に夫のタカシ・リュウゾウジ。それから、二人の

さらに恐ろしげな発言をする。

それをジロリと流し見たスティーブは、まだまだこのくらいで驚いていては始まらないぞ、と
ウィリアムは予期しない調査結果に唸《うな》り声を上げた。

「なんてことだ！」

間の子供の、シノブ・リュウゾウジだ」

ウィリアムは膝の上で思わず拳を握り締めていた。

ちょうどそこにクーパーが茶器のセットを載せたワゴンを押して入ってきたので、二人して熱い紅茶を飲み、渇いた喉を潤す。

「なんだかこの先の話を聞くのが恐くなってきたよ。頭痛がしそうだ」

「きみが調べてくれと依頼してきたんだぞ、ウィリアム」

「そう、そうだ。僕は——なんとしてでも忍ともう一度会いたい。そのためには何でもするつもりでいる」

「きみの決心には一目置くが、正直なところ、儂《わし》は今度ばかりはあまり深入りはするなと忠告したいところだな」

「だめだ。僕は一度決めたら早々決意を翻さない。さぁ、スティーブ、話の腰を折るような弱気の発言をして悪かった。どうか忘れてくれ。今すぐ、きっぱりとだ。いいね？」

「お坊ちゃんには負けますな」

スティーブにまでお坊ちゃん呼ばわりされてしまったが、ウィリアムはそれを訂正するどころではなかったので、無視して話を先に進めさせた。

ある程度は覚悟していたものの、スティーブから聞いた話はウィリアムの予想以上に衝撃的で悲惨なものだった。母親の誤射事件から忍の監禁めいた船上生活に至るまで、にわかには信じられない。ウィリアムは冗談ではなく途中から頭が痛くなり、相槌を打つのも億劫《おっくう》になってしまった。

「つまり、マフィアのお家騒動……のようなもの？」

「さぁ、どうかな。そこまでじゃないだろうが、ま、似たようなものかもしれない。儂に言わせればね」

ウィリアムはこめかみを押さえつつ、忍は今どうしているのか、果たして無事にしているのかと、そのことにばかり思いを馳せ、心配していた。

「それで、どうする？　連中はお坊ちゃんが滞在していたパラドールの部屋まで突き止めたわけだ。当然ながら、今回の件にお坊ちゃんが関わっていたことを突き止めていることになる。ということは、正面切ってセラフィールドの名を出して連絡を取るわけにはいかんでしょう。警戒されて、うまいことかわされて、それであっさりと終わりますよ」

「その、さっききみが言っていた、母親の墓参りだけれど」

「ああ。年に一度、一週間だけニューヨークに滞在して墓参りをすることになっているらしいのは確かだ。去年も一昨年もそうしているから、今年もおそらく同じようにするだろう。ただ、今回は脱走事件が起きたことを鑑《かんが》みて、例年よりさらにタイトな監視がつけられることでしょうな。やすやすとは彼に近づけないと思った方がいい」

「宿泊するホテルもひとつに決まっているわけではないんだな？」

「そのようだ。前回がプラザで、前々回はウォルドルフ・アストリア。今回はどこになるのかわからないが、ま、いずれにせよ最高級ランクの名門ホテルには違いないね」

「滞在先はわかっても、見張りの目を盗んで話をすることはとても無理、というわけか……」

ウィリアムは深々と溜息をつき、考え込む。

どうにかして忍と話をしたい。このままでは二人はあまりにも中途半端だ。まして、忍はあと十日後にはここニューヨークに上陸する予定なのだ。ウィリアム自身もこの地にいるというのに、会わずにむざむざとまた船に乗せてしまうようなことになれば、一生後悔する。

「こういうのはどうだろう」

ふと思いついた奇抜な考えを、ウィリアムはゆっくりと頭の中で反芻しながら、スティーブに語る。

「船がマンハッタンに接岸する前に忍と接触するんだ。船の中でならば、うまくすれば話もできる。いくらなんでも、連中だって忍をずっと一部屋に閉じこめていやしないだろう。どうせ洋上ではどこにも逃げ場はないんだ」

「はぁ、それで……?」

「僕は小型のクルーザーを持っている」

そこまで話すと、スティーブにも朧《おぼろ》げながらウィリアムが考えていることが摑めてきたようだ。むう、と気むずかしげな顔になる。

「身分を偽って、偽名で『ホワイト・シンフォニー』号に乗り込むつもりですか」

「そう。髪を染めて目にはカラーコンタクトを入れて、得意のフランス語で米仏ハーフのフランス人に成りすましてね」

話しているうちにウィリアムは次第に気持ちが明るくなってきた。

なんだかうまくいきそうな気がする。ウィリアムは昔から冒険小説が大好きだった。まさか実際に変装をしたり、フランス人を気取ったりするチャンスが巡ってくるとは思いもかけなかったが、うまくやってみせる自信はある。

「まさか、小型クルーザーを『ホワイト・シンフォニー』号に衝突させるつもりじゃないでしょうな?」

そんな危険なことはいくらなんでも見過ごしにできない、とばかりにスティーブが眉を顰める。

まさか、とウィリアムは笑いとばした。

「いくらなんでも、そこまではしないよ。エンジントラブルを装うだけさ。洋上を漂流している小型クルーザーからの救助信号をキャッチしたら、必ず船長は『ホワイト・シンフォニー』号で迎えに来てくれる。れっきとした海の男なら、それは疑うべくもないことだ。もし他の誰かが反対したとしても、船を動かしているのは船長だからね」

「そうでしょうとも」

スティーブは諦めに満ちた溜息をつく。

父親の代からの短くもない付き合いなので、スティーブはウィリアムが一度言い出したら聞かない性分であることを重々承知している。

「仕方がない。かくなる上は、儂もひとつ協力するかな」

「きっときみはそう言ってくれると信じていたよ」

ウィリアムは心の底から感謝する。

スティーブはコホン、と咳払いして、ジロッとウィリアムを見据えた。あまり調子に乗って油断すると痛い目に遭いますよ、と牽制《けんせい》しているのだ。

「まずは、フランスの富豪に渡りをつけて、臨時の身分を保証してもらうことですな。龍造寺の連中は海千山千の強者《つわもの》だ。エンジントラブルをすんなりと受け入れるとは限らない。むしろ疑われて当然と思うべきですな。あなたが名乗った名前から、すぐさまそういった人物が実在するのか調べるはずだ」

「じゃあ適当な名前を名乗るのではなくて、実在の人物で、それも僕にできる限り年格好が近い人物に名前を貸してもらうのがいいね」

「儂にお任せなさい。ちょうどよい人物に心当たりがある。パリにいらっしゃるお父上方とも懇意になさっている方なので、事情をお話しすれば、きっと快く力になってくださるだろう」

いよいよいい按配《あんばい》になってきた。

こういう手配を任せるのにスティーブほど打ってつけの人間はいない。

ウィリアムはスティーブに根回しを一任することにした。

「なんにしても、くれぐれも無茶はなさらんことです」

帰り際、スティーブは真面目な表情になってウィリアムに忠告した。

「相手はただの市民ではありませんからな。その、お坊ちゃんが好きになったお相手がどんな方なのかは知りませんが、関わり合いになったら一筋縄ではいかないバックグラウンドがあることだけは肝《きも》に銘《めい》じておきなさいよ」

「わかっているよ、スティーブ」

ウィリアムはスティーブにはっきりと忍を「好きになった相手」と言われ、柄にもなく赤面する。

やはり、そうなのだろうか。

こんなにも忍のことが気にかかり、放っておけないと感じるのは、つまるところ、忍に恋をしているからなのだろうか。

ウィリアムの性癖を心得ているスティーブは、ニヤリと小気味よく笑うと、「じゃあまたすぐに連絡しますから」と言い置いて、玄関ホールを出ていく。

ウィリアムは熱っぽくなってきた顔を意識しながら、スティーブの姿がエレベータの中に消えるまで見送った。

浴室からバスローブ姿で部屋に出た忍は、応接セットの安楽椅子に座って足を組み、新聞を開いている男の存在に気がついた。

阿久津だ。

たちまち全身に緊張が走る。

いったい何の用でここにいるのだろう。まるで当然の権利であるかのように部屋に無断で入り込むなど、あまりにも無遠慮で図々しい。阿久津は不快な男だが、今までこんなことはさすがになかった。

「お邪魔していますよ、忍さま」

ガサリと新聞を畳み、阿久津がまったく悪びれない調子で忍を見る。

忍は緩く開いていたバスローブの衿を胸元でギュッと握り合わせ、警戒心も露《あらわ》に阿久津を見返す。阿久津の下卑《げび》た視線で全身を舐めるように見られると怖気《おぞけ》が立つ。男が男を見る眼差しではない。忍は僅かでも阿久津の劣情を煽るまねは避けるべきだった。

「いよいよ明後日には懐かしのニューヨークですな」

阿久津は新聞をセンターテーブルに投げ出し、安楽椅子から立ち上がった。そうすると、ただでさえ長身なのがますます大きく感じられる。忍は威圧感を覚え、阿久津がゆっくりと自分の方に近づいてくるにつれ、少しずつ後退った。今夜の阿久津はいつにも増してふてぶてしい表情をしている。忍は漠然とした恐れを感じ、毅然《きぜん》としていられなかった。

「どうしたんです。なぜ逃げるんです?」

ニヤリ、と凄みのある笑顔で阿久津が迫ってくる。

「ほら、もう後ろは壁ですよ」

言われたのと同時に、背中がトン、とぶつかった。

はっとして背後を確かめる。

斜めに捩った顔の半分に影が差し、慌てて正面に向き直ると、すぐ目の前に阿久津が近づいてきていた。ほとんど体が触れ合わんばかりの至近距離だ。忍は脇に下ろした両手を、壁を押しのけるように突っ張りながら、必死に嫌悪感や恐怖心と戦った。

「なんの、用……?」

どうしても声の震えは隠せない。

いかなる意味でも好意を抱けない相手に、常識では考えられないほど身を寄せてこられ、しかも品定めされているようにジロジロと不躾《ぶしつけ》な視線を浴びせられるのだ。ざわりと鳥肌が立つ。阿久津の目には、いつもの陰険さに混じって揶揄《やゆ》と好色そうな色が窺える。忍の首筋や腰を見て、舌なめずりするようにニヤニヤ笑うのも不気味だった。忍は不快さと息苦しさに堪えきれなくなり、阿久津の顔から目を逸らし、顔を僅かに俯けた。

「今回もニューヨークで墓参りをしたいんでしょう?」

ネチネチした声で阿久津が言いだした。

忍は話の行き先に思い当たり、ビクッと肩を震わせる。

こわごわと見上げた阿久津の顔はいやらしく歪み、人の不幸を嘲笑う底意地の悪さを剝《む》き出しにしていた。

「もし私がマラガでの逃走事件を御前に報告したら、どうなるでしょうね? たぶん御前はあなたを二度と陸には揚げるなとお命じになるんじゃないですか。御前も普段はたいそう慈悲深いお方ですが、裏切り者にはえらくお厳しいですからね」

阿久津は忍が危惧したとおりの言葉で責めてくる。

忍は自分の甘さを思い知らされた気分だった。阿久津は自分の監督不行届による失態を責められるのを恐れ、そのことを祖父には報告しないだろうと考えていた。祖父に知られたらニューヨーク滞在が危うくなることは忍も承知している。阿久津の温情《おんじょう》を期待したのではなく、彼の姑《こ》息《そく》さ、卑怯さを見越した上での密かな賭だったのだ。ところが阿久津は忍の予想通りにはならず、むしろそれを餌《えさ》にして取引を迫ってくる。忍は当惑し、どうすればこの場を切り抜けられるのか悩んで、蒼白になった。

「忍さま」

阿久津の指が忍の顎を摑み、ぐい、と強引に自分の方に向けさせる。

「やめて」

忍は目を伏せ、弱々しく拒絶した。

壁に這わせた両手を使い、阿久津の胸板を突き飛ばせば、あるいはこの状態から解放されるかもしれないが、どうしても腕が上がらない。下手に逆らえば阿久津は逆上し、何をするか予測がつかない。いますぐ祖父に連絡を取ることもあり得るのだ。忍はそれを恐れた。年に一度、せめて母の命日くらいはニューヨークにいて墓地に花を供《そな》えに行きたい。そんなささやかなことすらも許されなくなるのは堪えられなかった。

「昔から魚心あれば水心、と言いますからね……忍さまさえ逆らわなければ、私も悪いようにはしませんよ」

阿久津が耳元に顔を近づけて囁く。息がかかる距離だ。

ぞわぞわとした悪寒が背筋を這い上がってくる。

阿久津は抵抗しない忍に自分の思惑通りに事を運べそうだと感じたのか、今度は打って変わった猫撫で声を出してきた。もう凄んでみせる必要はないと思ったのだろう。

「どうせあと三年経てばあなたは私のものになるんだ。それが少し早まるだけだと思えば、大して悩む事じゃないでしょう?」

求められているのが体だということははっきりしている。阿久津の目には明らかな欲情の翳《かげ》りが見える。

「忍さまはなかなか綺麗だ」

ねっとりとした口調に、忍は耳を塞ぎたくなった。阿久津の口からこんな言葉を囁かれても、気持ち悪さが増すばかりだ。まだ罵倒される方がましだ。

「大事にしますよ。私は自分のものには愛着を持つ男なんです」

顎を捉えた指が頬に伸びてくる。

「……やめて」

忍は苦しいほど心臓を波打たせながら、もう一度拒絶する。全身に冷や汗を掻いている。こめかみもひどく痛んだ。頭がぼんやりしてきて、まだこの緊張が続くとすると、気が遠くなりそうだった。

これ以上体を寄せられたくない。

忍は首を強く動かして顎と頬にかかっていた阿久津の指を振り払った。

「往生際が悪いな」

たちまち阿久津が眉を吊り上げ、唇を忌々しげにねじ曲げる。

「お祖父様に言うのなら、言えばいい」

忍は顔を横に向けたまま虚脱したように言って、唇の端を噛む。阿久津が本気かどうかわからなかったが、心のどこかで、彼の性格ならばおそらく祖父に例の不祥事を話さないだろうと思っていた。阿久津は単に小狡く立ち回ろうとしているだけのような気がする。最初から注進する気もないのに、さも忍の心がけ一つで許してやるなどというふりをし、状況をいいように利用しようとしているのではないか。

忍が半ば投げやりな態度を取ると、阿久津の不機嫌はさらに増幅した。

鋭い舌打ちをする。

「ふん。お高く止まりやがって！　お坊ちゃん面していられるのもこの船にいる間だけだぞ。いずれ俺が身柄を預かったときには、奴隷みたいに扱って毎日泣き叫ばせてやる。それが嫌なら今のうちから俺に媚を売っておく方が身のためだってのがわからないのか？」

今までは私、と使っていた人称が、俺に変わる。すると阿久津は普段に輪をかけてやくざものふうの印象が濃くなった。

忍は両膝を崩してしまいそうなほど、阿久津に責められるのが恐ろしかった。早く部屋から出ていってもらいたい。もうそろそろ神経が限界だ。

そのとき、唐突に船が止まった。

えっ、と驚いて新たな不安に窓の外を見る。テラスに通じる両開きのフランス窓から見えるのは真っ暗な空と、星だけだ。陸の明かりは見えない。最上階デッキにある客室には船の揺れも動力の音もほとんど伝わってこないのだが、ずっとこの船に乗っている忍には、船が動いているのか止まっているのか、肌でわかる。

　阿久津もおかしいと感じたらしい。

「なんなんだ！」

　壁際に追いつめていた忍の前から離れると、苛立った様子で電話の受話機を取り上げる。プッシュボタンを四つ押し、内線で操縦室を呼び出したようだ。

「阿久津だ。どうした、なぜ船を止めた？」

　いきなり詰問口調で電話に出た人間を怒鳴りつける。

　忍も固唾《かたず》を呑んで阿久津の言葉に耳を傾けた。今までこんなふうに突然洋上で船が停止したことはない。よもや動力部に支障が起きたのだろうか。航行中稀《まれ》にエンジンに漂流物が入り込んでトラブルになることがある、とロバートから聞いたことがある。もしかするとそういった類のアクシデントが起きたのかもしれない。

　まさか船が沈むようなことにはならないだろうが、素人《しろうと》の忍には洋上で身動きがとれなくなるというのは、結構ひやりとするところがあった。

「救助信号？　ばかな。そんなもの、無視すればいいだろう。船長と替われ！」

阿久津のカリカリとした声が続く。気の短い男なのだ。

電話の相手はすぐに船長に替わったようで、阿久津は高飛車な態度はそのままに、言葉遣いを微妙に改め、理由を問いただしている。

阿久津の受け答えから推察すると、どうやら小型ボートがエンジントラブルを起こして大西洋を漂流し、救助信号を出しているのをキャッチしたようである。付近を航行中の船のうち、この船がその小型ボートの漂流地点に最も近く、急遽《きゅうきょ》進路を変更し、予定航路を少しだけ離れて救助に向かう、ということらしかった。

船の航行に関しては阿久津も船長に従うしかない。

ずいぶんと粘っていたが、結局諦めたようだ。

「ちくしょうめ！　この船はただの船じゃないんだぞ！」

すでに阿久津の頭から忍のことはかき消えてしまったようで、荒々しく受話器を叩きつけると忍には一瞥《いちべつ》もくれず、大股に部屋を横切って出ていった。

いっきに気が緩む。

忍はバスローブ姿のままテラスからデッキに出た。

じりじりと舳先の向きを変えていた船は、しばらくするとまた航行し始めた。これからその小型ボートを救助しに行くのだ。

予期せぬ出来事のおかげでうまく阿久津を退けられたのは幸運だった。

これで阿久津が引き下がるとは思えないが、一時凌《しの》ぎにせよ今夜阿久津の手から逃れられたことで、忍はひとまず安堵した。

風を受けて靡く髪を片手で押さえる。

またウィリアムのことを思い出した。少しの間一緒にいただけなのに、気がつくとウィリアムのことにばかり思いを馳せてしまう。今ごろどこにいるのだろう。まだスペインを旅して回っているのだろうか。それとも、ちらりと話してくれた、パリに屋敷を構えているという両親のところに立ち寄り、のんびりと骨休めしているのかもしれない。

未来には夢も希望も見いだせないが、ウィリアムのことを考えているときだけは、優しくて温かな気持ちになれる。忍にはこの感覚がとても心地いい。こうしてたまに慰められるだけでも、忍はウィリアムと会えて本当によかったと思えるのだ。

船は十分ほど航行すると徐々にスピードを落とし始めた。

まだずいぶん距離があるが、暗い海の上に、全長が十メートルほどの白いボートが波に揺られながら浮かんでいる。操縦席に誰か人が立っているのがちらりと見えた。こちらに向かって腕を振っていたようだ。暗いので定かではないが、どうやら男性らしかった。

この船に龍造寺家と無関係の人間が乗ってくるのは初めてだ。

阿久津は忍とその救助者を絶対に会わせないようにするだろう。忍がこの最上階デッキを下りることは許さないだろうし、船長以下乗組員たちにも、この船に忍が乗っていることを口外するなと言い含めているに違いない。だから、どんな人がやってこようとも、忍にはまったく関係のない話だった。忍の日常が変わるわけではない。どのみち三日後ニューヨークの港に入れば、救助者は船を下りる。きっと、一生忍と同じ船に乗り合わせたことなど気がつかないだろう。

故障した小型ボートもろとも豪華客船『ホワイト・シンフォニー』号に引き上げてもらったウィリアムは、出迎えてくれた船長と握手した。

「どうもありがとうございました。大変助かりました」

本来はセラフィールド家の伝統で完璧なクイーンズ・イングリッシュを話すウィリアムだが、今はわざと米語調にしている。それも、扮《ふん》した役柄の設定通りに、フランス訛りの米語だ。

「僕はポール・ヴラマンクと言います。昨日フロリダからこの小型ボートでクルージングに出たんですが、夕刻になって引き返しかけていたとき急にエンジンの調子が悪くなってしまい、ボートが動かなくなって途方に暮れていたんです。近くにこんな立派な船がクルージングしているなんて、本当にラッキーでした」

「船長のロバート・ウォルフォードです。無事で何よりでした」

背丈は低いががっしりとした体躯で貫禄十分な船長は、自己紹介に続き、少し後方に腕組みをして立っている目つきの悪いスーツ姿の男を振り返る。

この男が忍の目付役をしているのだな。ウィリアムはすぐにピンとくる。

男はウィリアムと同じか、一インチ程度まだ高いくらいに長身で、油断のない目つきで疑り深そうにこちらをジロジロと見ていた。ウィリアムの受けた第一印象は、狡くて酷薄そうだ、というものだった。理解し合えそうにもないし、仲良くできる気もしない。

「あちらはこの船の持ち主に雇われて航海中船を任されているミスター・アクツです」

「阿久津さんですね。ヴラマンクです。この度はお世話になります。進路から逸れてまで助けていただいて、本当に感謝しております」

ウィリアムは船長から阿久津を紹介されると、屈託ない笑みを浮かべつつ右手を差し出した。

阿久津も組んでいた腕を面倒くさそうに解《と》き、ウィリアムと握手した。

「とんだことでしたな」

阿久津はいかにも不機嫌で、素っ気ない。それに相変わらずウィリアムの全身を不躾なまでに観察する。彼からは僅かばかりの同情も、歓迎の気持ちも感じ取れず、極力早くこの船から出ていってくれと言わんばかりの冷淡さがひしひしと伝わってきた。

「失礼ですが、アメリカのお方ですか？」

阿久津が早速探りを入れてくる。

ウィリアムは落ち着き払って、あらかじめスティーブ・グレイが用意してくれた通りのプロフィールを語った。

「ええ。父がイギリス系アメリカ人、母がフランス人のハーフなんです。両親共々パリに住んでいますが、僕はフロリダの別荘が気に入っていて、年のうち三分の一はアメリカにいるんです。ニューヨークにはアパートメントを持っています」

「ほう。それは奇遇ですな。この船はこれからニューヨークに向かうところです」

「いやぁ、僕は実に運がよかった。ニューヨークまで乗せていただけると大変助かります」

どうやら阿久津はウィリアムの話を聞き、ポール・ヴラマンクなる男が金持ちの道楽息子だと思ってくれたようだ。険しいばかりだった表情が微かに緩むのを、ウィリアムは見逃さなかった。

金と権力に貪欲な人間は、相手に利用価値があると判断すると、途端に態度を変えることがままある。ひとたび恩義を売っておけば、いずれ見返りがあるに違いないと考えるのだ。阿久津は特に相手が高い地位にいたり巨額の富を持っていたりすると弱いらしい。

いいぞ、とウィリアムは心中で満足した。

ここからが正念場だ。

「ところで、さっき最上階デッキで人影を見ましたが、その方がこの船の持ち主に縁のある方でしょうか。一言ご挨拶したいのですが」

ウィリアムが忍のことをそんな具合に訊ねると、阿久津はまずそうな顔をする。一瞬、見間違いですよ、とでも言い抜けそうな雰囲気が窺えたのだが、あまりにもウィリアムが断定して言ったので、下手な隠し立てはかえってまずいと思い直したのだろう。

「あ、ああ……忍さまのことですな」

阿久津が不承不承に忍の名を出す。

傍らで船長がフッと安堵したような吐息をついた。たぶん、阿久津に忍の存在は隠し通せと命じられ、嫌な気持ちになっていたのに違いない。それがウィリアムの一言でご破算となったのが嬉しかったようだ。少なくともこの船長は忍の味方だと思ってよさそうだ。

「せっかくですが今夜はもう遅いことですし、明日にでもあらためてお引き合わせするということでいいですか」

「ええ、もちろんです」

本音を言うと今すぐに会いたかったが、ウィリアムはぐっと堪えて阿久津の言葉をさりげなく受け流した。ここで焦っては怪しまれてしまうだけだ。

「おい。ヴラマンクさんを客室までご案内してくれ」

阿久津の指示でまだ若そうな乗組員が「こちらです」とウィリアムの先に立って歩き出す。ウィリアムは船長たちに軽く一礼し、若い乗組員について行った。

「この船は実に立派だね。僕のボートとは雲泥の差だ」

途中、ウィリアムの方から気さくに話しかけると、若い乗組員はニコニコしながら愛想よく受け答えしてくれた。

「確かに『ホワイト・シンフォニー』号は個人が所有するクルーザーとしては立派ですね。でも、ボクらからすると、あなたが乗ってらしたボートもずいぶん豪勢で羨ましいご趣味だと思いますよ」

「エンジン、直るといいんだが」

「大丈夫ですよ。ニューヨークに着くまでには綺麗に直っているんじゃないですか」

「何から何まで申し訳なかったなぁ。明日、ご子息によく礼を言っておこう。ご子息はおいくつくらいの方？　デッキで見かけた方はまだずいぶん若そうだったけれど」

「ああ……」

乗組員はちょっと躊躇いながら、声のトーンを低く落として答える。忍については喋るなという箝口令《かんこうれい》が敷かれているようだ。

「詳しいことはちょっと言えないんですけど。今年十八ですが、日本人だからそれよりずっと若く見えますね。男の方とは思えないくらい細くて綺麗な方です」

「なるほど」

あまり突っ込んだことを聞いては怪しまれてしまう。ウィリアムは忍のことにはそれっきり触れず、また船のことに話を戻した。

うまく船に乗り込めて忍が無事だとわかっただけでも、今夜のところはよしとするべきだ。一度に欲張りすぎるとあらぬ疑いを持たれる心配が出てくる。

ウィリアムにあてがわれた客室は、一等キャビンのスイートルームだ。

乗組員に多めのチップを渡してから部屋で一人になると、すぐにベランダから外に出た。

手摺りに掴まって大きく身を乗り出し、上の階を仰ぎ見る。

さっきバスローブ姿と思しき忍を見かけたのは、ちょうどこの上あたりだった気がする。もしかすると顔を合わせられないかと期待したのだが、あいにくそれらしき人影は見えない。

明日までの辛抱だ。

ウィリアムは一刻も早く会いたいと騒ぐ心を宥《なだ》めつつ、客室内に戻った。

忍はきっと驚くだろう。生来《せいらい》は栗色の髪をワントーン暗いブラウンに染め変え、緑の瞳はカラーコンタクトで灰色にしてある。おまけにポール・ヴラマンクなどというフランス名を騙《かた》るのだ。

だが、きっと忍ならウィリアムが何のためにそんなことをしているのかすぐに気がついてくれるはずだ。そして戸惑いながらも素知らぬふりをしてくれるに違いない。あとは、チャンスを窺って二人きりになり、そのとき本心を話せばいい。

忍が置かれている境遇を知って以来、矢《や》も楯《たて》もたまらずに、とうとうここにまで乗り込んできてしまったこと。

忍を忘れられなくなったこと。

もし何か力になれそうなことがあれば、どんな苦労も厭わず努力するから、任せてみて欲しいこと。

ウィリアムはそれらを忍に告げ、忍の気持ちを聞きたい。

いきなり忍と甘い関係になれるとまで厚かましいことは考えてないが、せめて心を許せる友人としてでも傍にいさせてもらいたいのだ。

忍の笑顔が見たい。

そのためにはなんでもしてやりたかった。

朝の身支度を終えたころ、ロバートが忍の部屋にやってきた。

「実は昨夜、この船に救助した方をお乗せいたしまして」

忍もすでにそのことは承知していたので、静かに頷いた。こんなことをロバートがいちいち自分にまで報告してくるとは、意外である。てっきり忍には何も知らせないままで済ませると思っていた。

「ニューヨーク在住のポール・ヴラマンクとおっしゃる方です。ミスター・アクツによると、総合商社として有名なアスター&ケネス商会の社長を務めておられるオーギュスト・ヴラマンク氏のご子息だそうで、ニューヨークまでこのままご乗船いただくことになりました。なにぶん、トラブルを起こしたエンジンが思った以上に破損しておりまして、メーカーから直接取り寄せた新しい備品が手に入らないことには、どうにも船内で修理して差し上げることが難しい状況と判明しまして」

「そう」

忍は戸惑いながらも相槌だけ打つ。昨夜の救助者のことがわかったのはいいが、それが忍にどんなふうに関わってくるのかは、今ひとつ定かでない。

「実はですね、お坊ちゃん」

ロバートは忍の困惑した様子に気付いたのか、前置きを切り上げて単刀直入に言った。

「ミスター・ヴラマンクが、この船のオーナーのお孫さんであるお坊ちゃんにぜひご挨拶がしたいとおっしゃるんですよ」

「えっ？」

思いがけなくて、忍はまともに驚いた。

「阿久津はいいと言ったの？」

「言いました」

ロバートがしっかりと断言する。

「……アスター&ケネスの名が出てきた時点で、にわかに態度が変わっておりましたから、何か思うところがあるんでしょう。親しくしておいて損はない、などとおっしゃってました」

なるほど、と忍は納得する。

権威や金に弱い阿久津の考えそうなことだ。ヴラマンクが忍に会わせろと言うからには、彼の意に添うようにして、好印象を与えておきたいのだろう。世界各国の権力者たちとの間のパイプは、多ければ多いほどいい。

「わかったよ」

忍は微かに溜息をつきながら目を伏せた。

「船にずっと乗ったままで三年経つ、なんていう事情はいっさい他言しないで、うまくヴラマンクさんの話し相手になればいいんだね」

「申し訳ありません、お坊ちゃん」

ロバートはまるで自分が悪いかのように忍に向かって深く頭を下げる。

「船長、やめて」

忍はいつまでも腰を折ったままでいるロバートに困ってしまい、気恥ずかしくて顔が赤くなった。阿久津は卑怯だ。こういうことだけはロバートの口から忍に言わせ、自分はひたすら居丈高に振る舞おうとするのだ。

「この間のことでは船長とトマスに大きな借りがあるんだから、船長が僕に申し訳ないなんて謝る必要はないよ。……そうだ、トマスの怪我はその後どんな具合？」

「はい。トマスは大丈夫です。もともと頑丈な男ですからね。元気に働いてますよ」

「よかった」

忍は胸を撫で下ろした。

結局、忍が危惧したとおり、トマスは阿久津の部下に手ひどく拷問《ごうもん》され、相当な怪我を負ったようなのだ。一等航海士のジョルジュは忍に血生臭い話を聞かせて気を揉ませるのを避けるために、あえて事実を言わなかったのである。それについては忍もジョルジュを責める気にはなれなかった。皆、忍のことを一番に心配してくれているのだ。素直にありがたかった。

「そういうわけで、明後日ニューヨークに着くまでお坊ちゃんも船の中を自由に歩き回っていいそうです。ミスター・ヴラマンクとは朝食のテーブルでご挨拶されるのがいいかと思います」

「わかった。どうもありがとう」

なんだか意外な展開になってきたが、忍にとっては自由の範囲が広くなり、喜びこそすれ文句をつける筋合いはない。優雅な船旅をしている日本の実力者の孫——それらしく振る舞うのは苦手だが、無口なのは元からだから、要はあまり喋らなければいいだけの話だろう。

忍は船長と並んで部屋を出た。

デッキには燦々とした朝の光が降り注いでいる。海風も爽やかで申し分なく、こんな上等な天気の日に誰かと一緒に食事ができるのはとても嬉しい。午後からはプールで泳いだりパットゴルフをしたりするのもいいかもしれない。忍はいずれも嗜《たしな》む程度にしかできないが、もしヴラマンクに相手を頼まれたなら、快く引き受けるつもりでいる。ロバートの話ではヴラマンクは二十代半ばくらいのハンサムな貴公子然とした男、ということだから、船の上で何も運動しないでいると体を持て余すだろう。

船の上で初めて龍造寺家とまったく無関係な人に会うということで、忍はかなり緊張していたし、ちょっと興奮してもいた。

動悸《どうき》が速い。

しかし、先にテーブルに着いて忍を待っていた彼と顔を合わせた瞬間ほど忍の胸を衝撃で震えさせたときはない。

最初はまさかと目を疑った。

——似ている。

気持ちを落ち着けて、もう一度相手を見つめる。

やはり、間違いない。

ウィリアムだ。

時間にすると丸一日にも満たない短い間しか一緒にいなかったが、ウィリアムのことは記憶に鮮明に残っている。傍に行くと、髪の色ばかりでなく眼鏡の奥の目の色まで違っているが、紛れもなく本人だと確信できた。いくら髪型を変えていても、眼鏡をかけていても、忍には間違えようがない。

「初めまして……ミスター・ヴラマンク」

ドキドキと鼓動する心臓を抑え、忍は今初めて会ったかのように挨拶をした。まだ何がどうなっているか正確に摑めていなかったが、ウィリアムが計画的にここにやってきたのだということだけは察せられたからだ。

ウィリアムの目が、それでいい、と忍の勘のよさ、臨機応変さを褒めるように輝いている。

「昨夜からずいぶんお騒がせした挙げ句、厚かましくもお邪魔させていただいております」

「困ったときはお互いさまですから」

忍は柔らかく微笑んで受け答え、遅ればせながら、龍造寺忍です、と名乗った。ウィリアムが席を立ち、二人はその場で握手をした。

大きくて温かなウィリアムの手。

しっかりと握り合ったとき、忍は泣きたくなるほど胸の奥から込み上げてくるものがあり、たじろいだ。

もう一度この手に触れたかった。熱を確かめたかった。それをはっきりと自覚したのだ。来てくれた。

ウィリアムはたぶんもう忍の身に起きた事件や、現在おかれている境遇を、正確に把握しているに違いない。だからこそ、わざわざ偽名を使い、身分を偽って、無茶としか思えない大胆な冒険をしてくれたのだ。

会いたかったよ、とウィリアムの瞳が語りかけてくる。

僕もです、という思いを込め、忍も瞬きすらせずにウィリアムの目を見返した。

ロバートも一緒のテーブルに着いて三人で朝食をとることになったが、忍とウィリアムは辛抱強く初対面の人間同士を装い、うまくその場を凌いだと思う。

「厚かましいついでに、もう一つお願いしてもいいですか。僕はウォータースポーツが大好きなんですよ。よろしければ午後からプールでご一緒しませんか」

「はい」

ウィリアムからの誘いに、忍ははにかみながら頷く。

ロバートもニコニコととても嬉しそうにして二人のやりとりを見守っていた。かねてから部屋に閉じこもりがちな忍の健康を慮《おもんぱか》っていただけに、ウィリアムが誘いだしてくれるのを、これ幸いと喜んだのだ。

忍にとってこの朝は、両親と離れて以来初めての、素晴らしい朝だった。

心が弾む。

好印象を持っている相手が傍にいてくれるという、たったそれだけのことで、こうまで気持ちが変わるものだとは知らなかった。

これは恋をしているときの心の動きに似ている。

数少ないこれまでの経験から、忍はふと思い当たった。

恋――?

じわっと頬が熱くなる。

まさか恋ではないだろう。ウィリアムは男だ。忍は今まで一度たりとも同性に恋愛感情を抱いたことはない。いいな、とときめく相手は常に女の子だった。

たぶん、この三年間、孤独な生活を強いられてきたがために、忍は極端に人恋しくなっているのだろう。誰か、自分を理解し包み込んでくれる人に傍にいて欲しいと切望し、求め続けていたところに出会ったのがウィリアムだ。恋かと錯覚するほど忍は人との交流に飢えているのかもしれない。

三年前までの忍は、どこにでもいるごく普通のジュニアハイスクール生だった。仲睦《なかむつ》まじい両親に守られ、毎日学校で友人たちと勉強やスポーツに励み、ときどきは女の子と一緒に映画やダンスパーティーにも行くような、本当に平凡な少年だったのだ。

急転直下した人生を歩むようになって、忍は明らかに言葉数の少ない、覇気のない人間になった。今となっては普通の少年だったことの方が夢を見ていたとしか考えられないほどである。

ウィリアムとの出会いはある意味奇跡だ。

もしあのとき忍が肩をぶつけた相手がウィリアムでなかったら、きっと忍はあの場で船に連れ戻され、それまでと実質何も変わらない虚無的な生活を続けていたはずだ。

そう考えると忍は次第に、今のこの逸《はや》り、ときめく気持ちが、いっそのこと恋でもいいような気がしてきた。今の忍にとっては、相手が同性だろうと異性だろうと、すでに些末《さまつ》な問題だ。昨夜も阿久津にそれらしいことを匂わせられ、迫られたばかりだ。阿久津の言う「自分のものになれ」が具体的に何を指しているのか確かめたことはないが、大方セックスを求められているだろう事は、血走ってギラギラした欲情を浮かべている目からして間違いない。

阿久津と寝ることを考えると、たちまち身の毛もよだつような嫌悪感を覚えるが、ウィリアムが相手だとして考えると、どうしてだか体の芯が疼《うず》くのだ。

ウィリアムは忍をどう思っているのだろう。

忍はじっとウィリアムの端整な顔に見惚れつつ考えた。

期待だけはしてはいけないと自分を戒《いまし》める。

ウィリアムのような立派な青年紳士に恋人がいないはずがない。彼が危険を冒してまでここに来てくれたのは、一度関わり合いになった忍のことを純粋に心配してくれて、あんな形でいきなり別れることになった不本意さを解消したかっただけに違いないのだ。それだけでも忍には身に余るほどありがたい。

「あのときは、本当にどうもありがとうございました」

ロバートが席を外したとき、ようやく忍は小声でウィリアムにお礼が言えた。

「無事でよかった」

ウィリアムも短く返す。

灰色の目はとても真摯な光を湛えていた。

熱の籠もる視線で見つめられると、忍はたった今期待してはいけないと自分を戒めたばかりなのに、もう忘れて胸を弾ませてしまう。

どうかそんな目で見ないでください、と喉まで出かかった。

明後日船を下りて別れるときに辛くなる。

しかし、忍の気持ちを知ってか知らずか、ウィリアムは朝食のテーブルに着いている間中ずっと、忍に視線を注いだままでいたのだ。


十日ぶりに見る忍はウィリアムの記憶の中にいた忍よりぐんと綺麗で、溜息が零れてしまうほどだった。

三年間も船で暮らしていたとはとても信じられないほど、白い肌が目に眩しい。ウィリアムはつい見惚れ、何度となく忍を気まずげに俯かせてしまった。決して不躾に見る気はないのだが、なかなか視線を外せないのだ。

朝食の時に午後から泳ごうと約束した通り、二人はいったんそれぞれの部屋に戻り、再度一時過ぎからプールサイドで会った。

ウィリアムは泳ぎが得意だ。夏の間はしょっちゅう海辺のリゾート地を訪れては、長期に亘《わた》って滞在する。思えばあの日マラガにいたのも、もう少し先にあるマルベーリャまで脚を伸ばしてみようと思い立ったからだった。マラガからバスも出ている。マルベーリャは世界の富豪たちが集《つど》うハイクラスのリゾート地なのだが、ウィリアムはまだ行ってみたことがない。グラナダの次はマルベーリャに滞在しようかという気持ちが芽生え、どんな場所か確かめに行こうと思って立ち寄ったのだ。たまたまマラガはピカソの生地でもあったので、どうせならばそこだけ観ていこうという気になった。ショッピングセンターにいたのは少し涼みたかったからだ。そこで忍との出会いが待っているなど、露ほども予測していなかった。

まるで日に焼けていないことからも想像に難《かた》くなかったが、忍は泳ぎが得意というわけではなさそうだ。泳ぐよりも水に浮いていることが好きらしく、ウィリアムがクロールで何往復もするのを感心したように眺めていた。

泳ぎ疲れてくると、日傘を差したテーブルに座ってクラブハウスサンドイッチと紅茶でランチにした。この船のシェフたちは相当な腕利きらしい。昨夜部屋に運んでもらった夜食も、今朝忍や船長と一緒した朝食も、実に美味しかった。

どこで誰が目を光らせたり聞き耳を立てたりしているかわからないので、核心に触れる話はしないようにお互い気をつけていた。そのため、本当に聞きたいことや言いたいことは口にできない。

　ウィリアムは焦れったかったが、ここで変な疑いを持たれたら元も子もない。ばれてしまっては、苦労してようやく船にも乗り込めたのに、忍と引き離され、最悪の場合海に放り出されかねないだろう。そんなことになれば、忍を助けるどころの騒ぎではない。いろいろ根回ししてくれたスティーブにも合わせる顔がないというものだ。

　忍も時折何かを訴えるように見つめてくる。

　本当に忍はよく堪えていると感心した。常に誰かに見張られている息苦しさを感じる環境で三年も我慢してきたとは、ウィリアムには想像もできない状態だ。今までずっと気儘に自由を謳歌してきた自分と比べると、忍が可哀想でたまらない。もう、今すぐにでもここから連れ出してやりたいという衝動が湧き起こる。それをぐっと腹に仕舞い込んで、何食わぬ顔で当たり障りのない会話を交わすのは、かなり忍耐を要することだった。

　プールで泳いだ後は、仲良く日陰のデッキチェアで昼寝をした。

　昼寝といっても形ばかりで、ウィリアムは目だけ閉じて、忍の息遣いにずっと耳を澄ませていた。

　会いたくてたまらなかった相手がすぐ隣にいるのに、眠れるわけがない。

　案外忍の方もウィリアムと同じだったのかもしれない。忍からも息を詰めて緊張している気配が如実《にょじつ》に感じられた。

無事でいてくれた、ということがわかると、次はもっと長く傍にいたいと願うようになる。

ウィリアムは忍を見つめれば見つめるだけ、欲を募らせていく自分の身勝手さに我ながら呆れた。

ディナーの後、忍を部屋まで送っていくと申し出て、結局中にまで入り込んでしまったのも、全部理性に歯止めが利かなかったせいだ。

「本当に、僕が部屋にいても構わない？」

念押しするウィリアムに、忍は恥ずかしげにしながらも確かに頷いた。

ウィリアムはもう少しで細い体を抱き竦めてしまいそうになったのを、寸前で押し留まった。

「ここでなら、もっといろいろな話ができます。阿久津はあなたに遠慮しているのか全然姿を見せないし、彼以外でここにいきなり押し入ってくるような人はいないから」

「盗聴器…、のようなものは？」

穿ちすぎかとも思ったが、ウィリアムは念には念を入れて潜めた声で聞く。

いいえ、と忍が首を振った。

「もし仕掛けられていたのなら、僕はとうていマラガまで辿り着けなかったと思います。ロバートと打ち合わせをしたのはこの部屋でのことだったけれど、気付かれたのは僕が実際に姿を見られてしまったせいだったから」

「そう。じゃあ、きっと大丈夫だね」

ウィリアムが昨夜来たのも突発的な出来事だ。このタイミングで盗聴器を準備できたとは考えにくい。ウィリアムの変装は完璧なはずで、まず疑われる理由がないからだ。

忍の部屋は、ここが船の中だということを失念させられるほど広くて豪華だった。リビングスペースとベッドスペースに別れたスイートタイプで、家具や調度品もゴシック調の立派なもので統一してある。この船の客室の中でも相当いい部屋の一つなのだろう。もっとひどい扱いを受けているかもしれないと思っていたので、この点だけはウィリアムの予想を裏切っていた。

「どうぞ」

忍がウィリアムに応接セットの長椅子を勧める。

「ああ」

ウィリアムは頷いて返事だけしておきながらすぐには腰掛けず、忍に小首を傾げさせた。どうしたんだろう、というようにこちらを窺う様子がなんともかわいく、ウィリアムは唇に笑みを浮かばせた。

「ウィリアム？」

ますます忍は困惑する。

「座る前に、ちょっとだけいいか」

えっ、と軽く目を瞠《みは》った忍を、ウィリアムはゆっくり腕の中に取り込むと、怖がらせないように優しく背中から抱き寄せた。

「ウ、ウィリアム……」

忍は最初微かに身を捩りかけたが、すぐにウィリアムの腕の中でおとなしくなった。

黒い瞳が傍らにあるスタンドの明かりに照らされ、濡れたように光る。

「僕がこんなふうにするのは、嫌？」

耳元で低く囁く。

忍はピクンと顎を震わせたかと思うと、ゆるゆると首を横に振り、細く長い溜息を洩らした。

まるで、ずっとこうしてもらいたかったのだ、と答えてもらったようだ。情が募《つの》ってきて、ウィリアムは細い体をさらに強く抱きしめた。

「きみに、とても会いたかった」

「僕も…あんな別れ方になってしまって、一目でいいからもう一度会えればと思っていました」

「ああ。そんなふうに思ってくれていたんだ。嬉しいよ」

「会ってお礼が言いたかったんです」

「お礼だけ？」

ちょっとからかうように聞き返す。

忍は返事に詰まり、問うようにウィリアムの目を覗き込む。目の中にウィリアムの意図が隠されているのでは、と窺っているようだ。

「僕はね、本当のところ、きみをこんなふうにしっかり抱いて確かめたくて、ずっとウズウズしていたんだよ」

「……ウィリアム」

忍の瞳がますます潤む。もう今にも際から透明な粒がこぼれ落ちそうだ。

ウィリアムはせつなさと愛しさでどうにかなってしまいそうだった。

「このまま離したくない」

声に切羽詰まった響きが混じる。

忍の腕もウィリアムの背中を強く抱いてきた。

「きみの事情はわかっているつもりだ。ひどい話だ。僕はぞっとしたよ。こんな言い方をすると、きみの身内を貶《おとし》めたことになるのならそれは謝るけれど、僕にはとうてい理解できない」

「僕にも理解はできません」

諦めきっている忍の口調に、ウィリアムは不満を持つ。そうではなくて、もっと頼りにしてもらいたかったのだ。連れて逃げて、と言ってもらえるなら、最高だ。だが忍は決してそんな無茶は望まない。何もかも諦め、まだ二十歳にも満たないのにすでに人生の虚しさや悲しみを知り尽くした老人のように達観したふりをする。

「僕のところに来ないか、忍」

「無理です」

「なぜ？　僕は真剣だ。冗談や口先だけで言っているわけじゃない」

「それはわかっています」

忍は泣き出しそうに綺麗な顔を歪ませる。

「あなたは優しい。僕にはあなたがどれだけ本気で、ほんの行きずりに一度助けただけの僕のことを案じてくださっているのか、よくわかっているつもりです」

「そうだ。だったらきみはもっと僕を頼ってくれてもいいいんじゃないだろうか。べつに自慢するわけではないが、僕にはそれなりの地位と財産がある。きみの助けになれるのなら、今のライフスタイルをそっくり変えてもいい」

「だめです、そんなこと」

とうとう忍の頬を涙の粒がすーっと滑り落ちていく。

「忍」

ウィリアムは自分の心が泣いたような気がして、思わず忍の頬を両手で包むと、嗚咽《おえつ》を堪える

ようにわなないている唇に自分の唇を近づけた。

そっと触れ合うキスをする。

忍は長い睫毛に縁取《ふちど》られた瞼を閉じた。

尚《なお》もキスを続けても嫌がらない。

ウィリアムは片腕で忍の腰を抱き、隙間がなくなるほどぴったりと自分の体に密着させた。

「お祖父さんが恐いのか……?」

唇を離してからウィリアムの発した問いに、忍は答えない。

答えてはもらえなかったがウィリアムは忍の気持ちがわかった。忍が恐いのは、また誰かをなくすことなのだ。母を亡くし、事実上父もなくし、忍は天涯孤独だ。これ以上大切なものをなくすくらいなら、何も望まず堪えている方が楽。いかにも忍らしい考え方だと思う。まだ知り合って間もないはずなのに、ときおりウィリアムには忍のことが自分のことのようにわかる気がする。

「ウィリアム」

忍が耳朶《みみたぶ》まで赤くなった。

ウィリアムにもすぐに理由がわかる。

「忍、きみ……、僕とこうしているせいでそうなっているのだと思っていいのか?」

言葉で答える代わりに忍はコクリと喉を大きく上下させ、それからウィリアムの胸板に顔を埋めた。

「忍」

ウィリアムは嬉しさのあまり息を喉に詰まらせかけた。

まさか忍に受け入れてもらえるとは思っていなかった。いや、正確には、受け入れてもらえたらいいと希望はしていたが、期待はしていなかった、と言った方がいいだろう。

これ以上言葉であれこれ語るより、行動で示した方がいい気がした。なにより忍自身がそんなふうに望んでいるようだったのだ。

ベッドスペースは奥に見えている。

リビングに勝るとも劣らない豪奢《ごうしゃ》な空間で、クィーンサイズの天蓋付きベッドが据えてある。

ウィリアムは忍の肩を抱いてベッドサイドまで近づくと、労《いたわ》りと愛情を込めてもう一度忍の唇にキスをした。

後悔だけはさせたくない。

忍が男同士の関係に慣れていないのは、強ばっている全身からも明らかだ。長い間、無意識のうちに抑圧されていた性への欲求が、たまたま触れ合ったウィリアムを相手に発動してしまったとも考えられる。もしそうなら、ウィリアムにはいささか不本意だ。

だが、ウィリアムは喉まで出かけた「本当にいいのか」という言葉を結局呑み込んでいた。

視線を合わせたとき、忍が決して雰囲気につられてはずみでウィリアムを求めているわけではないことがわかったからだ。

精いっぱい優しくしよう。

ウィリアムはそう心に決めて、忍の着ていたシャツのボタンを一つずつ丁寧に外していった。


ぎゅっと抱き竦められると胸に甘苦しさが渦巻いて高鳴る。

忍はウィリアムの優しい唇を体中の至る所に受けて、恥ずかしいくらい高ぶっていた。セックスそのものは初めてではないが、こんな具合に全身が熱くなるのは初めてだ。抱かれる立場だからかもしれない。忍よりもずっと逞しく立派な体つきをしたウィリアムに抱かれることには、まったくと言っていいほど抵抗がなかった。昔から男らしくあらねばならないという意識を強く持たされてきたわけではないから、自分でも意外なくらいあっさりと、抱く側から抱かれる側への立場の逆転を気持ちが受け入れた。

ウィリアムは常に忍の状態に気を遣い、自分自身の快楽や欲望を満たすことより、忍が気持ちよくなることを優先した。男同士は初めての忍は、ウィリアムの気持ちがとてもありがたかった。

おかげでほとんど緊張せず、リラックスしてウィリアムが施してくれるさまざまな愛戯を受け取って、感じることができた。

すらりとした長い指が忍の髪を掻き上げ、あやすように愛撫する。

額の生え際を逆さに梳《す》かれると、なんともいいようがないほど気持ちがよくなる。キスも好きだが、こういうさりげない指の戯れはもっといい。大切に慈しまれている気がして心が潤う。

ウィリアムにされるばかりではなく、忍も彼の全身に指や唇を触れさせた。

明るいブラウンに染めた髪にも指を通す。ウィリアムの髪は硬めでしっかりとした手触りだ。忍は初めて知った。知る機会がくるとは微塵も考えていなかったので、とても感慨深い。こんな奇跡が現実にあるのを目の当《ま》たりにすると、まだ諦観するのは早い気さえしてくる。忍はウィリアムと一緒にいるときの自分が好きだ。いつもよりずっとポジティブな気持ちになれる。忍にはウィリアムは眩しすぎる存在だが、こうして現実から切り離された洋上で、一晩だけ肌を合わせるくらいの我が儘は許してもらっていいのかもしれない。

「忍。……忍」

キスのたびにウィリアムが甘い声で忍を呼ぶ。

ウィリアムの声は実にセクシーだ。柔らかくて理知的で、耳に心地いい。こういう声の持ち主がセックスの最中に耳元で甘い響きの言葉を囁いてきたら、誰も抵抗できないに違いない。忍もすでに頭の芯がぼうっとしてきている。ウィリアムがプレーボーイでないとしたら、余程その方が不思議だ。およそ欠けているところが見あたらないほど理想的な男というのは、もっと嫌味な存在なのではと想像していた。ウィリアムはそんな忍の思い込みをいともあっさり訂正してくれた。

「忍。何を考えている？」

「ウィリアムのこと」

忍が正直に答えると、ウィリアムは嬉しさと照れくささを顔に滲ませて満足そうに微笑む。

「僕が好き？」

好きだ。好きでなければ、とてもこんな恥ずかしいことはできない。全裸になって足を絡ませ合ったり、体の奥の秘めやかな部分を弄らせたり、欲望のままに猛っている前を触り合ったりするようなことが、できるはずがない。

もし何のしがらみもないのなら、忍は素直にウィリアムに好きだと答えたかった。

けれど、忍は自分の身一つ自由にできないのだから、好きと告げたらかえって苦しくなる。ウィリアムが本気なのがわかるから、よけいに好きとは言えない。忍はウィリアムの期待に応えられない。それならいっそのこと旅先のアバンチュールだということにして、忍のことは忘れてもらう方がいい。一夜限りの関係でも、忍には永遠になる。きっと一生忘れず胸の奥に大切に仕舞っておける思い出になるだろう。それで十分だ。いずれ阿久津を拒みきれなくなるのは明白だが、初めての相手が阿久津なら忍は救いがたく傷ついたところだ。その前にウィリアムを知ることができて、本当に嬉しい。

答えようとしない忍にウィリアムはちょっと傷ついた顔をする。

胸が痛んだが、忍はあえて視線を逸らして聞こえなかったふりをした。

ウィリアムをこれ以上に巻き込んではいけない、こうして忍のベッドで抱き合っていることを、阿久津に知られたらとんでもない騒ぎになるはずだ。初対面の男を部屋に引き込んで同性同士のセックスをしているなど、あまりにも大胆で破廉恥《はれんち》だ。阿久津はきっとポールがウィリアムなのではないかという疑いを抱くだろう。グラナダのパラドールで忍を部屋に泊めた男がウィリアム・セラフィールドという名前であることは、すでに部下から聞いて把握しているのだ。それを考えると、どれだけ慎重になっても足りないくらいだと忍は恐々《きょうきょう》とする。

「……いいよ」

ややしてウィリアムが溜息をつく。

「今はきみを混乱させたり悩ませたりしないでおこう」

その代わりウィリアムは忍をもっと熱い行為で夢中にさせることにしたようだ。

俯《うつぶ》せで膝を立てさせられた。

恥ずかしい。これでは双丘の間に秘めた部分が丸見えだ。

忍はシーツに顔を埋め、全身が赤くなるほどの羞恥に悶えた。ウィリアムだから見られてもいいが、他の誰にもこんな格好は晒せない。

「力を抜いて」

優しくするから、とウィリアムに宥《なだ》められ、忍はできるだけ体を強ばらせないように気をつけた。

立てた太股の内側を手のひらで撫でさすられる。

「あっ…あ」

「もう少し膝の間を開こう。その方が忍も楽だと思う」

「で、でも」

それだともっと切れ込みを開くことになる。

「恥ずかしい？」

忍は素直に「はい」と頷いた。

「きっとすぐに恥ずかしさなんて忘れられるよ」

そんな、と抗議しそうになったが、その前にウィリアムが口に含んで濡らした指を秘部に触れさせてきたので、代わりに「あっ」と短く驚きの声を上げていた。

男同士がどうするか頭では理解していても、実際に行為として身に受けると、やはり狼狽えてしまう。

ウィリアムは浅い切れ込みの狭間にあるそこを指先でこじ開けた。

十分に濡れた指で潤わされた襞《ひだ》は、信じられないほどすんなりと一本の指の侵入を許す。まさか、という気持ちだった。経験もないのに、なんだか自分が天性の淫乱のように思えてしまう。

いったいウィリアムはこのことをどう感じているのか、不安になる。

ゆっくりと第一関節あたりまで入れて少し中で動かされた。

「んっ、あ、あっ」

普通では体験できない感覚に、上擦った声が出る。一度喘ぎだすと、次々に艶《つや》めいた声が唇から零れてきて、止められなくなった。

気持ちがいいのか悪いのかはっきりしない奇妙な感じがする。

入り口付近を慣らしていた指が、少しずつ奥まで入り込んでくる。決して忍に無理をさせないように労りながら、ウィリアムは時間をかけて指を付け根まで入れてしまう。奥深くまで指で貫かれても、もちろんそれで終わりではなかった。

挿入した指をいろいろな角度に当たるように曲げたり伸ばしたりする。そうやって狭い筒の中を広げることを体に覚えさせ、ウィリアム自身を入れられるまでにするのだ。よく濡れた滑る指はさほどの苦痛を与えず忍の内部を蹂躙《じゅうりん》する。少しでも感じる部分を見つけだすと、集中してそこを叩いたり撫でたりして忍をはしたなく喘がせた。

快感の在処《ありか》を刺激されるたびに、忍はシーツを握り締めて声を堪えようとするのだが、そんな努力はあっけなく無駄になる。ウィリアムは巧みに忍を高ぶらせていった。なにしろ忍とは経験値が違う。しかも、これまでウィリアムが寝てきた相手は、すべて男性なのだと言うのだ。忍はただウィリアムのすることに身を委《ゆだ》ねているだけで、与えられる快感を素直に受け入れていればよかった。

「ああ……きみは本当にかわいい」

ウィリアムの声も熱を帯びている。

汗ばんだ背筋を舌の先で舐め上げられ、肩胛骨《けんこうこつ》を手のひらで確かめるように撫で回される。どんな些細な愛撫にも敏感になった体が反応した。声も出る。自分のものとは思えないくらい甘い声だ。忍は意識するたびに赤面し、狼狽えた。

いつの間にか中をまさぐる指の数が増えていた。

ついさっきまでは一本の指でもみっしりとした閉塞感に悩まされたのに、気がつくと二本の指を根本ギリギリまで受け入れ、スピードをつけた抽挿《ちゅうそう》にも堪えているのだ。

奥深くを抉《えぐ》られる。

「あああ、あっ、あ」

忍はあられもない声で喘いだ。

感じる。

頭の中で無数の火花が一瞬にして散るのを見た気がした。

「忍。忍、かわいい」

チュッチュッと腰や双丘にキスが振ってくる。

肌を軽く吸われるだけでも忍はピクピクと身を震わせ、腰を揺すった。はしたないとは思うのだが、自分ではどうしようもない。敏感になっているのだ。声を噛めないのと同じだ。

「忍」

ズルッと奥まで入っていた指が二本まとめて抜かれた。

「うう……！」

中を一緒に引きずり出されるような感触に忍はたまらなく呻き、シーツに縋りついた。

ウィリアムがそっと忍の腰を撫でさすりつつ、忍の足の間に自分の胴を入れてくる。

太股に硬く勃起したウィリアムのものがぶつかり、忍は息を呑んだ。今度はこれで貫かれるのだ。考えただけで怖《お》じけてくる。

「優しくする。無理なことは絶対にさせない」

上半身を倒して覆い被さってきたウィリアムが、忍の横向きになった顔を指の腹でそっと撫で、打ちかかってきていた髪を払いのける。そうしておいてから火照った頬を慰めるように唇をすうっと滑らせた。こんなふうに顔を寄せて忍の緊張を和らげてくれている間にも、双丘にぶつかってくるウィリアムの立派すぎるものはさらに硬度と嵩《かさ》を増したようだ。鈴口からは淫液が浮き出しているようで、先端を押しつけられるたびに肌が濡れる感触があった。

あからさまに忍を欲しがっているようすを示すウィリアムに当てられたのか、だんだん忍もウィリアムが欲しくてたまらなくなってきた。どんなふうになるのかはしてみなければわからないが、ウィリアムと一つに繋がってみたい。気持ちが高揚し、欲望が恐怖感や羞恥心を凌駕《りょうが》した。

「ウィリアム」

忍から誘う。

ウィリアムが嬉しさを隠しきれないように微笑んだ。

「もう大丈夫？」

心の準備は整ったのか、という意味だ。忍は小さく頷いた。互いに体の方の準備は整っている。ウィリアムは急《せ》いて挑まず、忍がその気になるまで辛抱してくれていたのだ。そう気づいたとき、忍の胸にウィリアムへの溢れそうな愛情が生じてきた。

ウィリアムが上体を起こし、忍の腰をしっかりと抱き支える。

入り口に濡れた先端をあてがわれた。

忍は期待と、初めて迎え入れるものの大きさにおののいたのとで、ぶるっと胴震いした。

「息を詰めないで」

その言葉を合図に、ウィリアムのものが忍の襞を圧倒的な力でこじ開けてきた。ぐぐっと先端が入り込んでくる。

「ああっ、あああ！」

覚悟していた以上の圧迫感に忍は顎を浮かせて悲鳴を上げた。

「いい子だから、もう少しがまんしてくれないか」

ここまで来たらさすがにウィリアムにも退けない欲求が出てきたらしい。苦しげに声を上擦らせながら忍を宥める。

もちろん忍もいまさら拒絶するつもりはない。

「ウィリアム……、ウ、ウィリアムっ」

譫言《うわごと》のようにウィリアムの名を呼んだ。

狭い筒の内側をきつく擦り上げながら長く太い茎が入り込んでくる。

体中がウィリアムでいっぱいにされている気がして、忍は痛みと共に幸福感で恍惚としてきた。

こんなふうに一体感を覚えたセックスは初めてだ。今までの経験が一気に色あせてしまう。それが愛情の深さ故だとすれば、忍にも納得できる気がした。ジュニアハイスクール時代のかわいらしい付き合いはこれほど必死ではなかったし、恋に恋するママゴトの域を出ていなかったようにも思う。

最奥をウィリアムのものに突かれた。

「ひっ、……あ、ああ！」

強烈な刺激に頭の芯が痺れ、ぽろぽろと涙が零れる。

「忍」

全部入った、とウィリアムがセクシーな掠れ声で教えてくれた。

片手はしっかりと腰を支えたままにして、もう片方の手を忍の股間に回してくる。半ば萎えている中心を握られ、やわやわと揉みしだかれる。茎を擦り、敏感な先端を指の腹で撫で回されると、頭が痺れるような快感が湧き起こる。

「んんっ、ん…あ、あっ」

「元気になってきた」

「ああ、あ。あ、ん……」

感じやすい部分を上手に責められ、忍は次から次へと甘い声を上げた。

ウィリアムを包み込んだ内壁まで前に受ける快感のリズムに合わせて収縮させてしまう。ウィリアムにはそれが適度な締めつけとなっていいらしい。ときおり彼の口からも気持ちよさそうな吐息が洩れる。

　鈴口がじわりと濡れてきたようで、指の腹で先端にぬめりを塗り広げられた。茎はすでに硬く張りつめ、扱かれるたびにどんどん高ぶっていく。

　何度か堪えきれないほどの悦楽を感じ、達してしまいそうになったが、ウィリアムは「まだがまんして」と優しくも酷なことを囁いて指の動きを抑えてしまう。いいところまで連れていかれて置き去りにされる甘い責めに、忍は焦れてしまう。はしたなく腰を揺らし、口に出さないでもっととねだった。

　忍がウィリアムの大きさに馴染むまで止まっていた腰の動きが再開された。

　ウィリアムは忍の前を弄りながら、貫いている自分のものを抜き差しし始める。最初はゆっくりだった動きは、徐々に速く大きくなっていく。

　引いては戻されて奥を叩かれた。

　そのたびに忍は嬌声《きょうせい》を上げる。

　狭い筒を擦られる痛みはあるが、快感がそれを上回っていた。恥ずかしい部分をウィリアムのもので蹂躙され、ぎりぎりまで追い上げられていく。

　忍は切羽詰まった喘ぎをひっきりなしに漏らした。

甘く苦しい責めに翻弄され続けているうち、どうしていいかわからなくなり、泣きだした。

「ウィリアム、ああ、あっ……僕もう……もう、だめ」

これ以上責められているとどうにかなってしまいそうだ。

いかせて、と哀願した。

「いいよ。忍」

ウィリアムは忍を先にいかせてくれた。

射精を促す手の動きを受け、忍は焦らしに焦らされていた禁を放った。到達感と解放感で頭の芯が痺れるようだ。

忍は荒い息を吐きながら全身を脱力させた。ウィリアムに腰を支えられていなかったら、そのままぐったりシーツに伏していただろう。

乱れながら果てた忍を見ていたウィリアムは、自分の欲望にも火を点けられ、歯止めが利かなくなったらしい。

両手で忍の腰を高く掲げさせ、双丘に下腹を激しい勢いで打ちつける。

肌と肌がぶつかる音が響いた。

濡れた部分をくっつけ合い、掻き回す生々しい音もする。

「ああ、うう、うっ、いや、いや……!」

刺激の強さに忍は擡げさせた頭を振り乱し、シーツに涙を降り零して泣き続けた。

「やっ、も……だめ。ああ、あ」

泣いてもウィリアムは腰の動きを緩めない。

「忍。忍、好きだ」

陶然とした声で囁きながら、どんどん高まっていく。

「うう……、いく」

ウィリアムは感極まった声を上げ、忍の中から猛ったものを抜き出した。

「やっ、んんっ……！」

苦しくて喘ぎ続けていたはずなのに、いっきに太い茎を抜かれるとき忍は逆に引き留めるように筒を絞ってしまった。そのため激しい摩擦が生じ、めまいを覚えるほど強い快感を受けた。

「忍！」

ウィリアムが忍の双丘から背中にかけて熱いものを迸《ほとばし》らせた。

そして息づかいも整わぬうちに覆い被さってきて顔を近づけると、熱に侵されたように夢中になって唇を塞ぎキスしてくる。

忍も夢見心地でウィリアムの唇を受けた。

ウィリアムを愛しく思う気持ちに拍車がかかる。

体勢を変えて正面からきつく抱き合いながら、忍は幸せに酔いしれた。誰かを好きになり、誰かに好かれるのがこれほど素晴らしいものだと知って、心が満たされる。

ウィリアムと会えて本当によかった。

神様が一つだけ望みを叶えてくれるなら、この時がずっと続いて欲しい。

もしかするとウィリアムも似たようなことを思っていたのかもしれない。

二人は離れがたくて、ずっと抱き合ったままでいた。

深夜になって、さすがに忍のベッドで朝を迎えるわけにはいかないウィリアムが名残惜しげに部屋から出ていくとき、忍は思いきって言っていた。

「……明日の夜も、来てくれますか」

「本気で言っているのか?」

ウィリアムは驚きと歓喜に満ちた表情をすると、情動に衝かれたように忍を抱き竦め、あっという間に唇を塞いできた。

舌を絡ませ合う濃密なキスをする。

おやすみのキスにはあまりにも情熱的で忍はぼうっとなってしまった。

「きみからそんな嬉しいことを言ってもらえるなんて思いもしなかったよ」

陶然とした忍に、ウィリアムが熱の籠もった眼差しを注ぐ。

限られた時間、ぎりぎりの環境で交わす恋ほど燃えるものはないのではと思うくらい、忍の気持ちは激しくなっていた。

ニューヨークに着いた。

ウィリアムは離れがたい気持ちを抑え、『ホワイト・シンフォニー』号から下船した。

前の晩、忍と二度目の逢瀬をし、熱く求め合って「愛している」「好きだ」と告白したのだが、忍からははっきりとした言葉はもらえなかった。ニューヨークには忍も上陸するが、滞在は一週間で、お目付役の阿久津が常に身辺に目を光らせている。阿久津を出し抜いて、二人でこっそり会うようなまねはまず無理だ。忍はそう諦めているらしい。

滞在先のホテルがどこなのかすら忍は知らされておらず、ウィリアムは何の約束もできないまま、この場は一度去るしかなかった。

船長と阿久津に丁重に礼を言ってタラップを下りても、後ろ髪を引かれるように何度も最上階デッキを見上げてしまう。忍は最後の見送りには顔を見せてくれなかったのだ。別れが辛くなるから、と昨晩ちらりと洩らしていた。それが本当なら、忍もウィリアムのことをきっと憎からず思ってくれているのだ。二晩も続けて抱き合ったのは、単にフィジカルな欲望を満たすためではなく、心から惹かれ合っているためだと信じられた。

エンジンが破損したままの小型ボートは修理業者に預け、ウィリアムはアッパーイーストサイドの自宅に戻った。

「お帰りなさいませ、お坊ちゃま」

出迎えてくれた執事のクーパーは、ご無事で何よりです、と胸を撫で下ろす。基本的にクーパーはウィリアムのすることに異論を唱えない。だが、さすがに今回の大胆な計画には不安を隠しきれないでいた。ウェーブのかかった金髪で青い目をしたウィリアムに、早く元の姿に戻ってください、と懇願するような視線を当ててくる。

ウィリアムが変装を落として入浴していた間に、スティーブ・グレイが約束通りやってきて、四日ぶりに栗色の髪と緑の目の本来の姿に戻ったウィリアムと居間で顔を合わせた。

「やぁ、ウィリアム。成果のほどはどうだった？」

スティーブは太くて丸い指を組んだり解いたりしながらさっそく本題に入る。

「まぁ……予定通りにうまくいったと言っていいのかな。きみのおかげだよ、スティーブ」

「ふん。やはり連中はヴラマンク家に問い合わせをしてきたぞ。抜け目がないというか、疑り深いというか」

「ああ。虫酸《むしず》が走るほど嫌な男が采配《さいはい》を振るっていた。ヴラマンク家の協力がなければ僕はたちまち海に放り出されていただろう。そのくらい平気でやりそうな連中だった」

話しながらもウィリアムは残してきた忍のことが心配で、一刻も早くまた会う段取りをつけずにはいられない焦燥に駆られていた。

「忍が心配だ。なんとしてでもあの船から救い出してやりたい」

現状を知れば知るほどウィリアムは、このままではいずれ忍は自分から海に身を投げるか、狂ってしまうのではないかと不安になる。恋情を抜きにしても、どうにかしてやりたいと考えただろう。

「坊ちゃん、落ち着きなさい」

いつもは冷静沈着なウィリアムの動揺ぶりに、スティーブは顔を顰め、励ました。

「ここまでは計画通りに進んでいる。まず、忍くんの安否を確かめられただけで第一段階は成功だ。ニューヨークに着岸したことも確かだしね。ここから先が第二段階！　僕は彼らが宿泊するホテルを探し出しましたぞ」

「どこなんだ」

ウィリアムは身を乗り出した。

「ピエールだったよ」

「すぐ傍じゃないか！」

五番街東六一丁目にある超高級ホテルだ。ウィリアムは今この時間にも忍がピエールに到着しているのではないかと思うと、会って抱きしめてキスしたくてたまらなくなる。スティーブの手前、どうにか理性を保っていたが、心は逸る。

「いいかな。ここから先は、坊ちゃんが忍くんとどうしたいのかはっきりと意志を固め、覚悟をつけてから臨まないとね。軽い気持ちでいては坊ちゃんばかりでなく忍くんも辛い目に遭うだけだ」

「わかっている」

「忍くんとは、ちゃんと話したのかね？」

スティーブに鋭く見据えられ、ウィリアムは一瞬言葉に詰まる。忍が今後どうしたいのかについては結局のところ何ひとつ聞き出せなかった。おそらく忍自身定かではないのだ。忍がウィリアムを想っていることは疑えないが、かといってあの船から逃げ出し、ウィリアムの傍で生きようという決心までつけているようには思えない。

「忍は龍造寺翁を恐れている。逆らえば、母親を撃たれたときのようにまた他の誰かが撃たれるのではないかと恐れて、それで全てを諦めているようだった」

でも、とウィリアムは決意に満ちた堅い表情をスティーブに向けた。

「僕は必ず忍をあんな場所から救い出す。なにも僕と一緒にこの家に住んで欲しいとまで望んでいるわけじゃない。忍がもっと安心して過ごせる環境で、少なくとも今より幸せになってもらいたいんだ」

「おやおや。本心はそうじゃないでしょうがね」

スティーブが不謹慎にならない程度にウィリアムをからかう。

ウィリアムはじわっと赤くなり、スティーブを軽く睨んだ。

「それは……僕の本心は、忍をここに連れてきたいに決まっている。しかし、忍がはっきりとしない以上、強引にするわけにはいかないよ」

ウィリアムと忍にはもっと話し合う時間が必要なのだ。慌ただしくて人目を忍ばなくてはならない状況では、心を裸にしてじっくりとそれぞれの気持ちを語り合い、理解するまでには至らなかった。

「一週間の滞在中になんとか忍と接触したい。忍の本心を聞き出して、もし忍が日本の家族を捨てて僕についてきてくれるなら、僕は自分にできることを全部するつもりだ」

スティーブも強く頷き、膝をずいと前に出してきた。

「そこでだよ、ウィリアム。儂の考えを話そうじゃないか。まず、新しい事実の確認だ。昨日ピエールにタイガ・リュウゾウジという日本人の少年がチェックインした。忍くんの義理の弟だ。どうやら忍くんに会うためにわざわざ渡米してきたらしい。二人が接触するのは初めてのはずだ。調べた限りでは泰我が忍くんに好意を持っているとは思えないから、たぶん嫌がらせか、自分の立場が上だと誇示したいのか、そんなところだろう。自由のない忍くんを相手に優越感に浸りたくて、高校が夏期休暇に入っていないのにやって来たんだろう」

「嫌な感じだな」

ウィリアムは眉を顰め、吐き捨てるように呟いた。

「だが、泰我の存在をうまく利用することもできるぞ、ウィリアム」

「どんなふうに?」

「日本の大財閥である龍造寺家の御曹司が二人もニューヨークにいるんだ。泰我はお忍びのつもりかもしれないが、マスコミの情報網には敵わない。今晩中にもニューヨーク在住の大金持ちからパーティーの招待状が届きだす。派手好きの泰我はきっと興味を持つだろう。その中にとびきり魅力的な、我々からの誘いも入れておくんだ」

「きみが面白いパーティーを開くのか?　セラフィールドの名前は出せないんだぞ」

「違う、違う。ここはニューヨーク市議のアルバート・モーガンに一役買ってもらうんだ。モーガンはポールの叔父だ。泰我ばかりでなく、忍にも堂々と招待状が送れる。なにしろ甥《おい》のポールが忍の船に助けられたんだからな。きっとお二人でおいでくださいと記した上に、迎えの車も寄越すと書いておくのだよ。阿久津も渋々ながら認めざるを得ないだろう。なにしろヴラマンク家は正真正銘の大金持ちだし、モーガン共々ニューヨークの市政に大きな発言力を持つ名門だ」

「それで?　僕はまたポールに成りすますのか?」

「いや。それはここでは無理だろう。それよりも、仮面パーティーにして、誰が誰かわからないようにするんだ。面白い趣向だろう?　映画俳優や監督、芸術家などの名の通った連中も招待して、仮面に意味を持たせておけば疑われない。お忍びの著名人ばかりを集めていることにすれば、泰我の自尊心も満たされてご満悦だろう。きみはそこで忍くんと会い、ヴラマンクに別室を借りてもらって二人きりで話をすればいい。どうだ？」

「……うまくいくかもしれないな」

「ああ。きっとうまくいくぞ、ウィリアム」

ウィリアムはスティーブに励まされ、ゆっくりと唇の端を吊り上げた。

スティーブはたいしたアイデアマンだ。ウィリアムはまたひとつスティーブの腕前に感心させられた。

アルバート・モーガンも昔からセラフィールド家と篤《あつ》い親交がある。もともとパーティー好きな一面もあったので、ウィリアムに何らかの事情があるのは承知した上で詳しくは聞かず、一も二もなくこの楽しげな提案を受け入れてくれた。ウィリアムは心から礼を言い、パーティーの日取りを五日後に決め、さっそく招待状を手配してもらうことにした。

「それからもう一つ」

スティーブが神妙な表情になる。

「きみから頼まれて龍造寺翁について調べたとき、気になる話を小耳に挟んだ。今そのことについてさらに突っ込んだ調査をさせている。うまくすれば翁の尻尾《しっぽ》を摑み、それを楯《たて》にとって忍くんを解放させることが可能かもしれない」

「本当なのか、スティーブ！」

希望の兆《きざ》しに、ウィリアムは思わず声を高くした。

「だから、それを今調べさせていると言っただろう」

スティーブが顰めっ面でウィリアムを牽制《けんせい》する。

「向こうも相当したたかだ。一週間以内にうまいこと証拠まで押さえて取引に持ち込めるかどうかは神のみぞ知るだ。がっかりしないためにも、当てにはしないでくれ」

「そうだな。もちろん、きみの言うとおりだろう」

いくらスティーブの抱えているスタッフが優秀なスペシャリスト揃いとはいえ、そんなに容易に事が運ぶほど甘くはないはずだ。ウィリアムはスティーブの忠告通り、この話は心の片隅に引っかけておく程度にして、期待はしないことにした。

あと五日も待たなくては忍に会えないのかと思うと、胸がシクシクと痛んで苦しくなる。

明日、忍の母が永眠している墓地に出かけ、そこで一目でもいいから忍の姿を見たいという誘惑にも駆られたが、もし阿久津や他の部下たちに見つかれば、せっかくの計画が潰れる危険がある。よけいな接触は控えるべきだろう。ピエールに行くなど以《もっ》ての外だ。

早く会いたい。

だが、会ったからといって、忍を説得し、船に戻らないように決心させることが果たしてウィリアムにできるだろうか。

ウィリアムは強く奥歯を嚙みしめた。

忍自身に自由への強い意志が芽生えなくては難しい気がする。ウィリアムが忍を想い、片時も離れていたくないと感じているのと同じくらい熱心に、忍からもウィリアムを求めてくれない限りは無理だろう。

もっと時間が欲しい。

けれどいくら切実に望んでみても、忍とウィリアムに与えられた時間は、今日から一週間限りなのである。


下船すると港からすぐに車に乗せられ、今回の宿泊先であるホテルに到着した。

そこで忍を待ち構えていたのは、初めて顔を合わせる泰我だった。

泰我は、忍が部屋で一息吐く間もなく荒々しい足音と共にボディガードたちを引き連れてやってきた。そして居丈高な態度でジロジロと忍の全身を観察し、挙げ句に「はん」と皮肉げに鼻を鳴らしたのだ。

「噂通り、綺麗なだけが取り柄の役立たずってカンジ。これじゃお祖父様はおろか、お義父《とう》さんから見捨てられたのも当然だ」

のっけから泰我は敵意を剝き出しにしてきた。

忍は初対面のはずの義弟になぜこうも悪し様に罵られなくてはならないのかと悲しくなった。今のところ少なくとも忍には泰我を悪く思う理由はない。間接的には泰我という存在のためにずっと閉じこめられているのだが、だからといって彼を恨むのは筋違いだ。その程度の分別と理性はある。だが、周囲の思惑にすっかり染め上げられた泰我には、忍は邪魔な存在でしかないようだ。

綺麗なだけが取り柄。役立たず。——泰我の暴言はまっこうから忍の心を傷つけた。面と向かって、仮にも義弟が口にするセリフとは想像していなかった。泰我とは会いさえすればわかりあえるのでは、とひそかに期待していただけに、現実の冷たさに打ちのめされる。

目の前で胸を反り返らせて立っている泰我は、忍ほどではないが、やはり細めの体型で、これまでちやほやされて大人に傅《かしづ》かれて育ってきたのが如実に察せられる、いかにも我が儘で癇癪《かんしゃく》持ちっぽい様子をしていた。吊り上がった眉が高慢そうだ。どこか陰湿な目つきは阿久津を思い出させる。阿久津はコネクティングルームになった隣室に待機している。泰我たちが忍の部屋に入ってくると、抜かりなく部屋の間を行き来できるドアからこちら側を覗き込んできた。そして、相手が泰我だとわかるやいなや、滑稽《こっけい》なくらい謙《へりくだ》った態度になった。泰我が「おまえは引っ込んでいろよ」と一蹴したので、今はおとなしく自分の部屋に引き取っている。ただし、ドアは薄く開いたままになっていることに忍は気づいていた。忍と泰我のやりとりに聞き耳を立てているのだろう。

「向こう三年も海上暮らしだってね、義兄さん」

唇をねじ曲げて泰我がほくそ笑む。

意地の悪い目つきに忍はぞっとした。

ウェーブのかかった髪といい小作りな印象の顔といい、少年らしい可愛さが多く見受けられるのに、醜悪な表情がその印象を台無しにする。これが泰我の本質なら、忍はどう付き合えばいいのか。剝き出しになった敵意に晒されると、忍は感情を殺して何も感じない石か人形のようになるしかない。まともに受け留めていたら、どこまでも傷つかなくてはならなくなるからだ。

何も返事を返さない忍に、次第に泰我は苛立ってきたようだ。

「なんとか言ったらどうなんだ。本当につまらないヤツだな！　これじゃあわざわざ学校を休んでまであんたの顔を見に来た甲斐《かい》がないだろう！」

「悪いけど……」

忍はようやく口を開く。

「船から下りたばかりで疲れているんだ。話なら、後にしてもらえないかな」

感情をいっさい含まない声音で、それだけ言うのがやっとだった。

泰我はチッと鋭く舌打ちする。

「まぁいいや。あんたと顔を突き合わせていたって不愉快になるだけだって事がよくわかったよ。せいぜい買い物したりパーティーに出たりして憂《う》さ晴《ば》らしするよ。あんたはせいぜい明日の墓参りに備えて部屋で休んでな。僕は、今夜はクレイボーン夫人主催のパーティーだ。お互いに自分の立場をわきまえて、やるべきことをやろうぜ」

いくぞ、とボディガード二人に顎をしゃくり、泰我は来たとき同様に騒々しく部屋を出ていった。

嫌な気分だけが残される。

忍は虚ろな目で室内を見回した。ヨーロッパ調の家具や調度品で居心地よく整えられた部屋は申し分なかったが、隣室に阿久津がいると思うと少しも落ち着けない。疲れていると言ったのは本当だったが、ベッドに横になるのは躊躇われた。阿久津がいつ勝手にこちらにきて、忍にのしかかってこないとも限らない。想像するだけで全身が強ばる。

ウィリアムが愛情のたけを込めて抱いてくれた体を、好きでも尊敬できるわけでもない男に汚されるのは嫌だ。忍はクッと唇を噛み締めた。

欲というのは尽きないものだ。

忍は激しく困惑した。

最初の夜は、ただ一度きりの思い出になればいいと思った。けれど、夜中にベッドを出ていくウィリアムと離れたくなくて、二日目の夜を約束してしまった。それも忍から誘ったのだ。次こそ最後。それが単なる言い訳にしか過ぎないことは、「明日も来てくれますか」と口にした瞬間からすでに気付いていた。

瞳に紗《しゃ》がかかる。

ウィリアムのことを想うときはいつも涙もろくなって困る。いつまで未練たらしくしているのか、と自分を叱責して奮い立たせようとしても、その場はともかく、気持ちが弱るとすぐにまた思い出し、だめになってしまう。

多くを望んではいけない。自分は十分幸運だったのだ。

忍は座り心地のいいゆったりとした長椅子に腰を下ろし、背凭れに首まで預けて目を閉じた。

胸がドキドキしている。

ウィリアムは今頃どうしているだろう。まさかもうあんな無茶なことはしないでくれると信じたいが、昨夜熱いキスを交わして瞳をじっと見つめ合ったときの、何かを固く決意した表情を思い出すたびに胸が騒ぐ。

　このホテルにいることはウィリアムもすでに知っている気がした。クルーザーに乗り込んできた手腕を考えれば、このくらい調べるのはお手のものだろう。どうやら強力な信頼できる協力者がいるらしいのだ。

　しかし、阿久津に四六時中監視されていては、電話も自分では取れないし、訪問客をこっそりと部屋に入れることもできない。明日の外出時には当然部下たちに囲まれている。

　わかっているならさっさといつものように諦めてしまえばいいのに、どうしてもウィリアムのことだけはすんなりといかない。

　恋をするというのはこんなにも厄介だったのか、と忍は愕然とする。つい二週間前までは及びもつかなかった。ある日突然空から降って湧いたように恋の病に取り憑《つ》かれ、今では身動きできなくなっている。

　トントン、と隣室のドアをノックする音が聞こえてきて、忍はフッと我に返った。

　阿久津にこちらの音が聞こえるように、忍にも向こうの声や物音は聞き取れる。

「招待状？　…………アルバート・モーガン市議？　……いったいなぜそんなことになるんだ！」

　とぎれとぎれに阿久津の棘《とげ》だった声がする。

忍は全身を緊張させた。

もしかすると、またウィリアムが何事か画策したのでは——そう閃《ひらめ》いたのだ。ちょうど船に乗り込んできたときの騒動と似通った匂いを嗅ぎ取ったせいだ。

コクリ、と忍は喉を鳴らした。

阿久津の声は続いている。どうやら相手はホテルのボーイで、招待状を届けに来ただけらしい。何を聞かれても阿久津を納得させる返事はできかねているようだ。阿久津は不機嫌そうに彼を下がらせると、日本に国際電話をかけて直接祖父に相談し始めた。「御前」「御前」と連呼するので間違いない。

またウィリアムが会おうとしてくれているのだろうか。

不安と期待で忍の胸はしめつけられる。

もう無茶なことはして欲しくないと思う反面、嬉しさに弾む気持ちがあった。二度と会えなくなる、これが最後だから、という言葉を何度心で呟いただろう。そのたびに幸せな裏切りに会い、次への希望がじわじわと滲み出てくる。こんなに次また次と望みを叶えられていては、とうとう最後が来たときに辛さが増大しそうだ。

それでもやはり、嬉しい。

忍は相反する気持ちに揺さぶられ、阿久津が苦々しげな表情で部屋に踏み込んでくるまで身動《みじろ》ぎもせず長椅子に座っていた。

「大変珍しいことになりましたよ、忍さま」

阿久津は毒を含ませた嫌味な口振りでいい、センターテーブルの上に真っ白い封筒を投げやった。封筒の宛先は忍になっているが、封緘《ふうかん》はもちろん破られている。滞在中に忍宛ての封書や届け物がもしあったとしても、こんなふうにしてすべて阿久津がまず中を改めることになっている。もっとも、こんなものが届いたのは今回が初めてだ。

「今度のニューヨーク滞在に前後して、やけにいろいろと突発的な出来事が起こりますなぁ？」

忍は内心ギクリとしたが、表面上は無表情のままやり過ごした。

意味ありげに勘繰るようなことを言いながら、阿久津自身半信半疑のようだ。根拠があって疑っているようではない。忍は鎌《かま》を掛《か》けられているのかもしれないと、心の乱れを決して悟られないように努力する。

「ま、ある意味これもヴラマンク氏絡みのようですがね。どうやら私はヴラマンク氏に遠慮しすぎたのかもしれないですな。よもや、その純情そうな顔をして私の目を盗み、ヴラマンク氏をベッドに引き込んで懐柔《かいじゅう》した——なんて破廉恥なまねは、なさらなかったでしょうな、忍さま？」

「まさか」

声が上擦りそうになるのを必死に抑え、忍は短く否定した。普段が多く喋る方ではないので、阿久津もはっきり嘘だと断じきれなかったようだ。なにより、忍の性格からして、知り合ったばかりの行きずりの男と寝るようなさばけた行動はできないと踏んでいるらしい。

確かにその通りだ。もし彼が本物のポールだったなら、忍は間違っても部屋に入れはしなかった。

阿久津は忍を探るように凝視するのはやめたが、細くて鋭い目に浮かぶ疑り深い光は消えていない。忍は尚も気が抜けなかった。

「招待状です」

阿久津が横着に顎をしゃくり、封筒を示す。

忍は視線を移動させただけで手に取ろうとはしなかった。

「市議会議員のアルバート・モーガン氏から、十四日の夜ご自宅で催される内輪の仮面パーティーに、ぜひ忍さまにもお越しいただきたい、とのお誘いですよ」

十四日といえば、ニューヨークで過ごす最後の夜になる。翌十五日の夕刻には船はまた洋上に出てしまうのだ。

「御前にお伺いしたところ、ヴラマンク家と親戚関係にあるモーガン氏の誘いを無下《むげ》にするのはあまり具合がよくないとの仰せです。特に今度の場合は、彼の甥が私共の船に助けられたという恩義を感じていらっしゃるようですしね。それでなくとも泰我さまがこちらにいらしていることを嗅ぎつけたメディアのせいで、次から次へと招待状が舞い込んでくる始末だ。他はともかく、モーガン氏は市議という立場にもいらっしゃるので、特別に出席を許すとのお言葉です。よかったですね。御前に感謝することだ」

「僕はそういう場はあまり得意じゃないから……」

行けば必ずウィリアムに会える。ヴラマンクの名が出たからには、はっきりと確信できた。

忍は浮き立つ心を宥めつつ、あえて阿久津に当惑した顔を向けた。ここで不用意に喜んだ様子を見せれば、阿久津は変に感じるだろう。いつもの忍ならば絶対にパーティーのような華やかな場所は遠慮する。

忍があまり乗り気でないと知るや、阿久津はにわかに嬉々《きき》とした顔つきになった。阿久津にとっては忍の望みと反する仕打ちをするのが、なによりの憂さ晴らしなのだ。忍を喜ばせることには消極的で、非協力的なのだが、悲しませたり落ち込ませたりすることには実に積極的になる。

「言っておきますが、これは御前のご命令です。得意であろうとなかろうと必ず出席していただきますから、そのおつもりで」

忍は心細そうにして俯いた。

それはあながち芝居というわけでもなく、忍はパーティーに出ること自体にはかなりのプレッシャーを感じていた。ジュニアハイスクール時代に参加したことのある小さなパーティーと、市議の屋敷での本格的なパーティーとではまるで勝手が違うだろう。そんな場所でうまく立ち回れる自信はない。初めての経験なのだ。しかも、仮面パーティーだという。顔の見えない相手と話をするのは苦手だった。もしウィリアムが来ていても、誰がウィリアムなのかわからなくて途方に暮れるばかりだろう。

「せめて泰我さまの恥にならない程度には、しっかりとなさることです」

阿久津は忍をばかにするような科白を吐くと、部屋から立ち去った。

忍はずっと長椅子に座り続けたまま、ウィリアムの揺るぎのない愛情をひしひしと感じ、招待状を見つめた。嬉しさと恥ずかしさ、申し訳なさで胸がいっぱいになる。申し訳ないというのは、自分のようなややこしい立場の人間に関わらせてしまったことに対してだ。おかげでウィリアムには普通の恋人同士ならばしなくていい苦労をたくさん強いている。僕みたいな何も持たない、特に取り柄もない男のために、と考えると、いつウィリアムが気を変えて忍など見向きもしなくなっても不思議はない。今はまだ物珍しいのだ。こんな風変わりな努力をしなくては会えない相手が新鮮で、一風変わった刺激を恋の情熱と取り違えているのではないか。

でも、それでもいい。

忍はウィリアムが何度もくちづけをしてくれた唇を指でそっと撫でた。キスをされたときの感触を、唇は鮮明に覚えている。舌を絡ませ合ったとき、頭が痺れるようになったことも、すぐに思い出せた。

明日は母に一年間の出来事を報告する日だが、今年は長くなりそうだ。

墓の下の母はさぞかし驚くことだろう。まさか忍が男性を相手に恋をするなんて思いもかけなかったはずだ。

——いや、それとも。

忍はふと思いついて赤面した。

もう母はすでに知っていて、空の上から忍を見守り、応援してくれているのかもしれない。なぜだかそんな気がしてきたのだ。

仮面をつけているせいで視界が狭い。会場もずいぶん薄暗く照明を落としてあるので、忍は右も左もわからない場所に置き去りにされた子供のように心細さを味わった。

泰我が建前は仲のよい兄弟を装いたがったので会場に入るまでは一緒だったのだが、忍が周りの雰囲気に圧倒されているうちに、一言の断りもなくどこかへ消えてしまった。忍は溜息をつき、ともかく人の邪魔にならない隅の方へと移動した。

内輪のパーティーと聞いていたが、大広間は大勢の人で溢れかえっている。この中でウィリアムを探しだすのは想像以上に大変だ。すでに泰我ともはぐれたし、今夜ばかりはお目付役の阿久津や部下たちも同行していない。モーガン氏が親切に寄越してくれた迎えの車に乗ろうとしたとき、やんわりと「ご遠慮ください」と氏の使いの人に断られたのだ。阿久津はたちまち恐ろしい形相になった。「責任を持ってまたホテルまでお送りいたしますので」と言う使いに、執拗なほど「確かでしょうな」と念を押してから、ようやく退いたのだ。またマラガでの二の舞になっては大変だと心配したのだろう。忍を脅《おど》すように睨みつけてきた目でもはっきり逃げるなと釘《くぎ》を刺していた。

誓って逃げる気はない。忍は阿久津がトマスに負わせた怪我の酷さを目の当たりにして以来、やり場のない憤りを自分に対して感じている。もう二度と誰もあんな目に遭わせたくない。阿久津は忍の不始末を、全部罪のない他のクルーに償わせる。わざとそうして忍を精神的に追いつめるのだ。そのやり方に、忍は激しい嫌悪を覚える。阿久津はどうすれば忍が一番参らせられるのか、よく知っている。トマスのことで忍は罪悪感から数日満足に眠れなかった。いくらトマスが笑顔で「大丈夫ですって！」と言っても、とても言葉通りには受け取れない。心の痛手は大きかった。

壁際に立ったままぼんやりとしていると、目の前に青紫色のカクテルが入ったショートグラスが差し出されてきた。

驚いて相手の顔を振り仰ぐ。

ウィリアムだ。すらりとした長身でタキシードを着こなした、惚れ惚れとするほどの紳士ぶりである。肝心の顔は仮面で隠しているが、間違いない。今夜は彼本来の姿に戻っている。明るいブラウンの髪とマスクの奥に輝く緑の瞳を目に入れた途端、忍は嬉しさと恋しさで危うくウィリアムに抱きつきそうになった。

やっぱりこの人は特別な存在だ。

たった五日間離れていただけなのに、もうこんなにせつなくなって我を忘れそうになるとは信じられない。忍はつくづく自分が弱くなったと痛感した。果たしてこんな状態で船に戻り、まだまだ果てしなく続く監禁生活に堪えられるのだろうか。自信がない。

「また会えたね」

「……はい」

ウィリアムの緑の目でじっと見つめられると、忍は二人で過ごした夜を思い出し、体の芯が疼き、全身が熱っぽくなってくる。

「さっき泰我くんを見かけたよ」

忍から僅かも視線を逸らさずに、ウィリアムは淡々と続けた。

「なかなか遣《や》り手というか、しっかりしているというか、モーガン氏と本物のポールに挨拶をして探りを入れていた。実は僕はずっとポールの傍にいたんだが、彼は僕には見向きもしなかったよ。ポールもモーガン氏もあえて僕を彼に紹介しなかったからね。ポールとは今度の件で初めて話をしたんだが、気の合う男でよかった。船でのことも完璧に口裏を合わせて答えてくれたよ」

「阿久津を退けたのは、彼と本物のポールを会わせたくなかったから、だったんですか」

遅まきながら忍は気づき、なるほどと納得した。

「いくら巧みに変装しても本物と会えば気づかれる確率が高いからね。さして日にちもたっていないし」

「あなたは本当に大胆なんですね、ウィリアム」

「ああ。僕はきみにどうしてももう一度会いたかったんだ。会って、本心を聞かせて欲しかった」

本心と言われ、忍は眉を寄せて難しげな表情になる。

気持ちはウィリアムを激しく求めている。しかし、現実がそれを阻《はば》み、許さない。こんな場合、いったいどう答えればいいのだろう。忍がはっきりと返事をしないのは、本心を語ってもどうしようもないと思うからだ。

「二人きりで話ができるところに連れ出してもいいか？　モーガン氏に了解を得て、客室を一部屋用意してもらっているんだが」

「はい。構いません」

忍は照れくささを覚えながらも、この際だから素直になった。

二人きりで部屋にいれば、抱き合わずにはいられなくなるだろう。わかっていたが、それを切望している自分が存在した。頬が火照る。もう期待している。恥ずかしくてたまらなかったが、体の疼きはウィリアムの背中について廊下を歩いていく間に否応もなく激しくなっていた。

二階の廊下に並んだドアの一つを開け、ウィリアムは忍を先に中に入らせた。

ここまでくると、下のパーティー会場でのざわめきは嘘のように消える。

「忍」

静かな部屋の中でウィリアムは仮面を剥ぎ取って床に落とすと、タキシード姿の忍を抱きしめて、同じく忍の仮面も取り払った。

「ウィリアム」

素顔が見えた瞬間、忍の頬に感極まった涙がこぼれ落ちてくる。

ウィリアムは前触れもなく泣き出した忍に目を瞠ったが、すぐに後頭部を引き寄せ、真っ白いドレスシャツを着た自分の胸に忍の顔を抱き込んだ。

「僕たちは愛し合っている。そうだね？」

ウィリアムが率直に聞いてくる。聞くというよりも、確かめているだけのようだ。

忍も観念してコクリと頷いた。

どんなに誤魔化そうとしても気持ちはウィリアムを求め、淫らなまでに体を疼かせる。これでは否定のしようがなかった。ウィリアムを愛していると認めることと、だから今後どうするかを考えることは、忍の中で別次元の問題だった。そう告げるとウィリアムは納得せず否定するに違いないが、忍はもう決心していた。

ウィリアムを愛している。

だからこそ、一緒にはいられない。

今夜が正真正銘最後の夜だ。忍は思いきり大胆に、淫らになろうと思った。もう時間はいくらも残っていない。

「抱いて、ください。ウィリアム」

「忍！」

ウィリアムが渾身の力を込めて忍を抱き竦める。

激しい抱擁に忍は胸苦しくさえなった。ウィリアムの腕に包み込まれ、ぴったりと密着させた下半身に互いの熱と欲望とを感じる。ウィリアムの雄芯は硬く張り詰めていて、早く忍の中を味わいたいとばかりにときどき大きく脈打つ。忍の前もすっかり膨らんでいた。ウィリアムの器用な指で扱かれ、悦楽の極地に導かれるのを心待ちにしている。今に鈴口からは淫らな先走りが浮き出てくることだろう。

ウィリアムは忍の身につけていた真新しい衣装を脱がせると、自分は上半身だけ裸になって忍をあっさりと横抱きに抱え上げた。

ベッドはダブルサイズの豪奢《ごうしゃ》な天蓋つきで、壁際に据えられている。

ウィリアムの腕からそっとベッドに下ろされた忍は、冷えたシーツにくるまって、ウィリアムが下半身を脱ぎ去る様子を見ていた。

均整の取れた男らしい体が一糸纏《いっしまと》わぬセクシーな姿になる。股間でそそり立つものは、思わず目を背けたくなるほど立派だ。初めて目にするわけでもないのに忍は感嘆した。

ウィリアムは忍の上に体を覆い被せてくるとき、優しいキスをたくさんしてくれた。顔中はもちろん、肩や鎖骨、胸、二の腕と、目についたところ全てを埋め尽くす熱心さだ。忍はウィリアムが与えてくれるキスに酔い、うっとりとした。胸の突起を交互に嬲《なぶ》られ、感じているとあからさまにわかる喘ぎ声を洩らしてしまったことも、ウィリアムの熱に拍車をかけたようだ。

「愛してる」

ウィリアムは何度も忍に繰り返し囁いた。

「僕も、愛してます」

船の上では出せなかった言葉を、とうとう忍も口にした。言わずにはいられなかったのだ。これ以上自分の気持ちをごまかせない。

「忍。どうか船を下りてくれ。いや、もう船には戻らないでくれ」

ウィリアムは忍の背中に両腕を回してきて強く抱き、懇願する口調になる。いつも真剣で誠実さに満ちている目が、今夜は特別強い意志を孕《はら》んでいる。

「このままニューヨークで僕と暮らして欲しい。僕はきっときみを大切にする。きみが嫌でなかったら僕の家族にも紹介しよう」

「……気持ちは嬉しいけれど、僕は女の子じゃないので、ご両親はきっとびっくりされてしまいます」

忍はできるだけ遠回しにウィリアムに拒絶を示した。

しかし、ウィリアムはウィリアムで、この五日間のうちに強固に意志を固めていたようだ。強く首を振り、忍の弱腰の不安など払いのけてしまう。

「両親にはもう僕が男しか愛せない性癖だということを告げてある。二人ともたいそう驚いていたが、僕が真剣で、冗談など言っている余裕もないほどきみに惹かれているのだと知ったら、戸惑いながらも理解を示してくれた。もともと、おおらかで、懐《ふところ》の広い人たちなんだ。だからきみは何も気に病まなくていい」

「でも……あっ、……あ……ウィリアム…」

両胸を交互に唇で吸い上げられ、歯を立てて軽く嚙んで引っ張られた。

たまらない刺激に忍ははしたなく腰を蠢かせ、顎を仰《の》け反らせる。

ウィリアムは指を使って徹底的に忍の胸を弄りだした。忍が胸に弱いと知っているからだ。

「硬くなってきた」

「やっ、あ……ああ、あ」

もっと泣いて、と意地悪く囁かれて、忍は赤ん坊が嫌々をするように頼りなく首を振った。

ピン、と爪先で尖って硬くなっている胸を弾かれる。

たちまちそこから下半身に向かってビリリとした刺激が伝わった。

「あああ」

忍はシーツを握り締め、せつない声で喘ぐ。

「どうか決心してくれ。きみはほんの少し勇気を出してくれるだけでいい。後は全部僕がきちんと始末をつける」

ウィリアムは忍の体に熱の籠もった愛撫を加えながら、訴えた。

ほんの少しの勇気。

忍は泣き出したいのをがまんする。

それで本当に報われるのなら、忍は躊躇わずにウィリアムの腕に飛び込むだろう。しかし、ウィリアムは祖父をみくびっているのだ。忍にはそうとしか考えられない。祖父に対抗する手段などあるわけがなかった。

「僕は嫌だ」

脇腹を滑る指に身悶えしつつ、忍は泣いた。

「母を亡くしたようにあなたまで失うことになったら、もう生きてはいけない」

「忍」

ウィリアムが興奮した忍の唇を塞ぎ、舌を絡ませる深いキスをする。

「んんっ、ん……んん……」

「……泣くな」

ウィリアムの口から忍の口に唾液が送り込まれてくる。忍は夢中でそれを嚥下《えんか》した。ウィリアムと溶け合いたい。溶けて一つになりたい。その強い思いがどんな行為も神聖化する。

「僕は死なない。もちろん、きみもだ」

もう一度忍の中に滑り込んできた舌が、感じやすい部分をくまなく舐め回す。口角から零れる唾液が顎にまで伝う。淫靡《いんび》な感触だった。

濃密なキスを受けている間にも、胸や脇、腰を絶え間なく弄られ、撫で回され、忍の体はどんどん熱くなる。股間に息づく忍のものは、今にもはちきれそうに育って、先走りを零していた。

キスから忍を解放したウィリアムは、忍の片足を軽く折って立てさせ、太股の間を開かせる。

長い指が、双丘の切れ込みを掻き分け、秘部の襞を撫でた。

「あぁっ」

忍の腰が跳ねる。

ウィリアムはチュッと宥めるようなキスを忍の肩に落とし、そのまま慎重に一本の指を襞の奥に侵入させていく。たった一本の指でも、きつい閉塞感がある。忍は息を詰めずになるべく体の緊張を抜き、ぶるぶると顎を震わせながらウィリアムの指が付け根まで入り込むのに堪えた。

「ああ、忍……。きみの中、熱い」

「言わないで、ウィリアム」

「熱くて溶けそうだ。それに淫らに絡みついてくる」

「やめて。恥ずかしい」

ウィリアムは忍を高揚させるためにわざと言葉で責める。忍はこんなふうに恥ずかしいことを耳元で囁かれると、どんどん高ぶってしまう。言葉でも感じてしまうのだ。自分がこんなに無節操だとは思いもしなかった。羞恥にどうにかなってしまいそうだが、ウィリアムは忍が我を忘れて感じるのが嬉しいようだ。

奥まで穿たれた指を内部で自在に動かされる。

忍の感じる部分を知った指は容赦がない。忍の弱みを躊躇なく抉り、押し上げる。忍は惑乱した嬌声を上げ、堪えきれずに前からとろとろと淫らな液を腹に零した。これを射精というのかどうかはわからないが、忍には射精よりも強烈で凄まじい快感だ。それも冷めやらぬうちにまた狭い筒で指を抜き差しされて敏感な内壁を擦り上げられると、忍は息切れしながら身悶え、泣きじゃくった。

「可愛い。好きだよ」

ウィリアムは中を穿つ指を二本に増やし、それで奥を掻き回しながら、涙に濡れた忍の頬にキスをする。

「もう、僕……も、だめ……」

「あと少し我慢して。まだもっとよくしてあげるから」

「お願い…、変になりそう」

荒い息を吐きながら忍は精いっぱい哀願した。

しかし、こういうときのウィリアムは、優しさの中にも意地悪さを隠し持っている。決して忍の言うとおりにはしてくれないのだ。

「愛してる」

呪文のように囁かれる言葉が忍を懐柔し、溶かしていく。

十分に解《ほぐ》された後でウィリアムを突き入れられる頃には、忍の体はすっかり穿たれることに慣れている。慣れていても、指二本とは容量も長さも違うので、受け入れさせられて辛いことには変わりない。ただ、奥が濡れて滑りやすくなっていて、忍を傷つけずに済むというだけだ。

「あああ、あ、くるし……い」

指では届かない最奥まで凶器のように大きく硬いもので突き上げられ、忍は胃がひっくり返るような圧迫感に弱音を吐いた。こんなものを受け入れられるのは、ひとえにウィリアムを愛しているからだ。他の誰にもこんな痴態は見せられない。

「忍。僕は今、きみと一緒にいられるように、さまざまな準備をしている」

嵌め込んだものをゆっくりと抽挿しながら、ウィリアムが忍を口説く。

苦しさと快感に喘がされている忍はそれどころではなかったのだが、ウィリアムの言葉は耳に入っていた。

「龍造寺翁のこともだ。きっとなんとかする」

濡れた粘膜を擦り上げる淫靡な音が、ベッドのスプリングが揺れる音に交じる。しんとした部屋に響くそれらと、忍の喘ぎ声、さらにはウィリアムがときどき洩らす満ち足りた吐息。

「ああ、あ…あっ、あ……あああ」

忍は次第に意識が朦朧《もうろう》としてきて、現実と夢との境が曖昧になってきた。

体が吹き飛びそうなくらいに気持ちいい。

痛みは悦楽で相殺され、ほとんど知覚できなくなる。

激しく腰を揺さぶられて、忍は切れ切れの悲鳴を放った。悲鳴というにはあまりにも艶《なま》めかしい声で、ウィリアムの劣情をますます煽りたてたようだ。

「忍、忍」

いつの間にか背後から挑まれる体位に押さえ込まれている。

シーツに顔を伏せているのだと気がついてハッとしたものの、すでに腰を高々と掲げさせられて、ウィリアムに自在に責められていた。

雄々しく反り返った抜き身が深々と奥まで突き刺さってくる。

「いやあっ、あああ！」

あまりにも深くまで貫かれて、忍は惑乱し、泣き叫んだ。

一瞬目の前が真っ暗になり、全ての音が消える。

だがすぐに次の刺激で気を取り戻させられた。

忍の茎からはぱたぱたと淫液が滴り落ちていて、シーツにシミを広げている。

「もうだめ。許して、許して、ウィリアム」

昼間の完璧な紳士ぶりからは想像もつかないくらい、夜のウィリアムは情熱的で容赦がない。

忍は何度も気を遠のかせつつ、ウィリアムの尽きない激情を受けとめた。

いくとき、ウィリアムは忍に断りを入れてから、中に放った。

熱い迸り《ほとばし》で奥がぐっしょりと濡らされる。

忍は初めての経験に全身で感じてしまい、ビクビクと体を痙攣《けいれん》させた。

とうとうウィリアムに身も心も征服されてしまった。男が男に徹底的に翻弄され、所有の証《あかし》を身の内に注ぎ込まれても、忍には屈辱感も後悔もなかった。ただウィリアムへの深い愛情だけがある。

「忍」

ウィリアムが忍の奥を丁寧に清めていきながら、気怠く弛緩した体中にくちづけしてくれる。

気持ちがよくて、忍はうっすらと微笑んだ。

「僕の忍」

後始末を終えたウィリアムは、忍を柔らかく抱き、肩まで布団を引き上げた。

「無理させてすまなかったね」

「……いいえ」

「よかった？」

「答えなくてはわかりませんか……？」

忍の返事にウィリアムは幸せそうに目元を綻ばせる。

「わかっていても聞きたいこと、言わせたいことがあるものだよ、忍」

甘い言葉と、鼻の頭への可愛いキス。

忍は睡魔と戦うのに苦労する。

今夜ウィリアムに会えるかもしれないと思うと、ずっと緊張して、毎晩よく眠れなかった。こうして会っている間、時間は無情なくらい早く過ぎるのに、逢瀬を待つ間は苛々するほど遅いのだ。

「もうきみを放さない」

ウィリアムが呟くように言った。

忍はせつなさに泣きたくなる。

どれほどウィリアムが本気で熱心でも、どれほど忍がウィリアムと一緒にいたくても、叶わない夢だ。

今夜のパーティーに忍が出席することで何か不測の事態が起こるかもしれないと慮《おもんぱか》った阿久津は、明日の早朝にも忍を船に乗せ、いつもより半日早く船を出航させるつもりでいる。忍は昨夜、阿久津がロバートと電話で連絡を取り、出航準備を急がせる命令をしているのを聞いていた。だから知っているのだ。

このままウィリアムに抱かれて朝まで過ごしたいが、そうもできない。

忍はウィリアムが静かな寝息をたてだしたのを確認すると、ベッドを極力揺らさないように気をつけて、そっと抜け出した。

まだ下の大広間ではパーティーの真っ最中だ。

忍は急いで身支度を整えると、最後にもう一度だけウィリアムの整った横顔をじっと見つめ、口の中で小さく「さようなら、ウィリアム」と別れの言葉を呟いた。

ウィリアムはしっかりと眠っている。

これが見納めになるかもしれないと思うと、どうにも離れがたくてならなかったが、忍は身を引きちぎられるような辛さを堪《こら》え、踵《きびす》を返した。

大広間に戻ると、一時間前に抜け出したときよりもさらにパーティーの客は増え、賑《にぎ》やかになっていた。

「どこに行っていたんだよっ、忍！」

どうやら忍を探していたらしい泰我が、憎々しげな目つきで忍を睨んでくる。今夜の監視役はどうやらこの泰我だったようだ。彼のことだから、自分から阿久津にその役を買って出たのだろう。

「お手洗いに行っていたんだよ」

忍は静かに答えた。

「フンっ！　いいか、変な気を起こしたらお祖父様に言いつけるぞ。そしたらおまえはあっという間に阿久津の奴隷《どれい》だ。わかってるんだろうな？」

「僕は何もしない」

どうだか、という疑惑たっぷりの目で泰我は忍を見る。

だが、この場ではそれ以上陰険なことは言わずに、「そろそろ帰るぞ」と断じた。

忍としても一刻も早くこの場を立ち去らねばならなかったので、この言葉には救われた。もし今ウィリアムが下りてきて忍と行き会ったら、忍の努力は水泡《すいほう》と化す。ここはそっと消えるべきだった。

モーガン氏に暇《いとま》を告げる挨拶をして、忍は泰我と共に送迎用の黒塗りのリムジンに乗った。

ピエールまでの道のりは十五分ほどだったのだが、遊び疲れたのか、五分もしないうちに泰我は忍の肩に無防備に頭を預け、いびきを掻きながら眠ってしまった。

泰我の熱と重みを感じつつ、忍はふと、生意気でお世辞にも性格がいいとは言い切れない義弟が、案外寂しくて突っ張っているのかもしれないと思えてきた。忍を見れば嫌味と憎まれ口しか叩かない泰我だが、こうして寝顔を見ると、やはりまだ十七歳の高校生だ。忍は優しい気持ちになった。

複雑な家庭環境の上に、様々な思惑が渦巻いている龍造寺家。泰我はその渦中に一人投げ込まれている可哀想な少年なのだ。そう考えると、忍は泰我に同情を感じる。自分の立場も特殊で救いがたいが、一見自由に見える泰我も似たようなものなのではないだろうか。

忍は一度も会ったことがない祖父に思いを馳《は》せた。

一生理解し合うことはないのかもしれないが、死ぬ前に一度は会ってみたい。べつに恨み辛みを述べたいわけではなく、純粋に孫として祖父がどんな人なのか興味があるのだ。忍は父が好きだった。父にはあまり好かれていた記憶がないけれど、母が愛した父のことが忍は好きだったのだ。それと同じ気持ちで父の父親である祖父にも関心がある。会ってみれば今よりは好きになれるかもしれない。忍は誰かに愛されたいわけではなく、ただ愛したかった。そうでなければ海の上での孤独な毎日に、とても堪えられそうにないからだ。

うん……と泰我が頭を動かす。

うとうとしていた状態から覚めたらしい。

覚めるなり、泰我はものすごい勢いで忍の肩から頭を上げた。よもや自分が憎い忍の肩に凭れて寝ていたとは思わなかったようだ。

忍はお互いに気まずい思いをしないで済むように、泰我が身を引き離す寸前に、自分もまたシートに凭れて眠り込んでいる振りをする。

しばらく顔を凝視している泰我の視線を感じていたが、やがて泰我が小さく「なんだ…」と呟いたのを機に、視線を感じなくなった。どうやら泰我はうまくごまかされてくれたらしい。

車がピエールの正面玄関前に到着した。

「おい！」

泰我が横柄なかけ声と共に忍の肩を強く揺する。

忍はゆっくりと目を開いた。

すぐ目の前に泰我の顔がある。相変わらず傲慢で意地悪そうだが、気のせいか目だけはいつもより少し穏やかな気がした。

「着いたぞ、降りろ」

「…ああ、ごめん」

忍は緩慢な仕草で髪を掻き上げ、ドアマンが開いて待っている後部座席のドアから身を潜り出す。忍に続き、泰我も降りてきた。

ロビーでは阿久津が待ち構えており、忍は引き立てられるようにしてそのまま部屋に連れ戻された。

それを無表情のまま見送る泰我と目が合った。

すぐに泰我の方から逸らしたが、忍はいつか泰我とは兄弟として語り合える日も来るのではないかという漠然とした予感に包まれた。

「起きろ、ウィリアム！」

突然耳の傍に雷が落ちたのかと思ったウィリアムは、驚いて毛布をはねのけ、ガバッと上体を起きあがらせた。

すぐ枕元で、腰に両腕を当ててふんぞり返っている男はスティーブ・グレイだ。ウィリアムは一瞬ここがどこかわからなくなった。だがすぐに全裸でベッドに入っていることから、モーガン邸の客用寝室であり、傍らには忍が眠っているはずだというところまで思い出す。たちまち血の気が引いた。

忍はいない。

シーツにもすでに温《ぬく》もりは残されていなかった。

ウィリアムは混乱する頭を抱え、

「今は何時だい、スティーブ」

と聞いた。

「午前四時に二分前」

スティーブが毎朝針を合わせている自慢の腕時計にチラリと視線を落とし、素っ気なく答える。

ウィリアムは手のひらを額にパチンと叩きつけ、そのままずるずると下方に下げていって指の隙間から目を覗かせた。

「悠長に朝まで寝ていたら、きみは儂の必死の努力をすべて無駄にするところだったんだぞ。え
え？　聞こえているか、ウィリアム！」

「ああ……聞こえているとも。すまないがスティーブ、僕の代わりにそこの電話でちょっとこの家の執事を起こして、熱いコーヒーを持ってくるように頼んでくれないか。まだ頭がうまく回ってくれないんだ」

「いいですとも、そのくらい」

スティーブは居丈高に言うと、すぐに電話をかけた。

「午前六時！」

スティーブは受話器を置くなり一際大きな声を出す。もし隣の部屋で誰かが寝ていたら、迷惑だと怒鳴り込んでくるところだろうが、幸いにも昨夜の客でモーガン邸に泊まる予定になっていたのはウィリアムだけだ。家人たちは皆、東翼で寝起きしているらしい。

何の時間かウィリアムが聞き返す前にスティーブは苛立った口調で話を先に進めた。

「午前六時ちょうどに『ホワイト・シンフォニー』号は出航する予定になっている。海運局の離岸申請書を調べた」

「なんだって？」

出航は午後のはずではなかったのか。ウィリアムはてっきりそうだと信じていた。だからその

時刻まで忍をここに引き留めておくつもりだったのだ。それにもかかわらず、うっかり寝入ってしまい、肝心の忍は出ていってしまった。

「忍くんは昨夜のうちに泰我と一緒にホテルに戻っている。そしてあと一時間もしたら港に連れていかれて、またあの船に乗せられるという手筈のようだ。ウィリアム、こんなところでぐうたら寝ていたら、きみは一生後悔するぞ。いいのかね？」

ウィリアムは緩慢な仕草で首を横に振る。あきれ果てていた。

もちろんスティーブの言うとおりだ。だがウィリアムには忍が自分に一言も告げずこのベッドを抜け出し、自ら進んで阿久津の元に戻っていったのだという事実が堪えていた。

「……忍はやはり、僕には人生を預けられないのだろうか」

忸怩《じくじ》たる気持ちでウィリアムはぼやいた。

あれほど愛していると伝え合ったのに、忍は決心してくれなかった。ウィリアムを信じて、賭けてみようとしてくれなかったのだ。夢中だったのは自分だけだったのかと、ウィリアムは強く落ち込んだ。

「坊ちゃん」

スティーブが意気消沈《いきしょうちん》しているウィリアムの肩を乱暴に揺すり、しっかりしなさい、と励ます。

「忍くんはね、あなたを信じてないんじゃなく、ただひたすらに龍造寺翁を恐れ、あなたの安否を気遣っているだけなんだ。そうに決まっているだろう。きみには忍くんがどんな思いで毎年母上の墓に花を供えているのか想像もつくまい。忍くんはずっと墓石の前で項垂《うなだ》れたまま、二時間もの間じっと立ち尽くしていたよ。その間、涙の一筋も零さなかった。気丈《きじょう》、というより、悲しみが深すぎて、おまけにその傷が癒える間もなく洋上を引きずり回されて、自分でもどこに感情を持っていけばいいのかわかってないんだ。そんな感じだった」

「スティーブ……」

ウィリアムは愕然としてスティーブを見た。

自分の甘さを強く意識する。同時に、今までにないほど恥じ入った。いったい何を甘ったれた事ばかり愚痴っているのか。忍はウィリアムなど及びもつかぬほど辛く苦しい立場におかれている。自分は救ってやりたいなどと偉そうなことを言いながら、実際はまるで役立たずの木偶《でく》の坊《ぼう》だ。

萎れていた気力が徐々に活力を取り戻していく。全身に熱い想いが満ちてきた。

「スティーブ！　悪いが僕の着替えを取ってくれないか」

そのときドアをノックして、執事が恭《うやうや》しく銀盆を持ってきた。執事は着替えをするウィリアムの傍らで、眉一つ動かさずに熱く湯気をたてているコーヒーをカップに注ぎ、スティーブにはご苦労様ですという意味を込めたお辞儀をすると、足音もたてずに部屋を出ていった。

「きみが来てくれて助かった。僕はもう少しで、何もかもご破算にしてしまうところだった」

「間に合って幸いでしたな」

スティーブが先ほどまでの顰めっ面をやめ、ホッとした様子になる。態度もぐっと軟化した。スティーブもずいぶん気を揉んだのだろう。いろいろと調べていくうちに、忍のことが他人事ではなく哀れに思えてきた、といつか洩らしていたのを思い出す。スティーブとしても、忍をどうにかしてやれと、ウィリアムに発破《はっぱ》をかけたいのに違いない。

ウィリアムは死ぬほど熱いコーヒーを啜り、頭をスッキリさせた。

「それで、結局龍造寺翁を退かせるのに効力を発揮しそうなネタは見つかったのか？」

「ええ、見つかりましたとも！」

スティーブが大威張りで胸板を叩く。

「そうか！　やったな。すごいぞ」

「政治家と財界の黒幕の間に金銭的な癒着がないはずありませんからな。いやぁ敵も相当ガードが堅くて、こちらも大変でしたよ。だが、蛇《じゃ》の道はヘビ、儂のところにいるスペシャリストたちが総がかりで徹底的に調べ上げたところ、ついに出ましたよ。裏を取って証拠物件を押さえたのが、つい二時間前だ。儂はその報告があるからこそ、真夜中のこんな失礼な時間によそ様のお屋敷を訪問したんだ」

「そうか。……苦労をかけて悪かったな」

その苦労もウィリアムが本腰を入れて忍を救出すれば報われる。スティーブは冗談のような顔をして、まったく本気そのものの科白を吐いた。

「さて。これでもういざというときの切り札もできたわけだ。あとは坊ちゃんがどんな手で忍くんを攫《さら》うかだが」

「船の出航が六時ということは、すでに忍はホテルを出ていると見た方がいいな」

ウィリアムは考え込む。

「……僕の小型ボートはすっかり本調子だ。一か八かそれで忍を追いかけよう」

忍は夜明け前の海をデッキテラスから眺めるのが好きだと言っていたことがあった。うまくすれば、出航の時にテラスに出ているかもしれない。たぶん、いや、きっと、出ている。

「よし」

ウィリアムは今度こそ揺るがない決意をして、コーヒーテーブルの脇の安楽椅子から立ち上がる。

「一緒に来て協力してくれ。スティーブ、きみも確か船舶《せんぱく》免許を持っていたはずだな?」

「ええ。持ってますが」

「いざというときは僕の代わりに小型ボートを操縦して欲しいんだ」

「それは構わんが」

スティーブはウィリアムの格好を頭から爪先までジロジロ眺め、眉を顰める。

「その衣装でボートに乗って、一世一代の大冒険をするつもりかね?」

「ああ」

ウィリアムは黒い蝶ネクタイを引っ張りながら悠然と微笑んだ。

「囚われの花嫁を攫いに行く新郎の気分だ。ちょうどいい」

スティーブはそれ以上何も言わず、ただ、黙って肩をすくめた。

うつらうつらし始めた頃、忍は阿久津に起こされた。

まだ外は真っ暗だ。

着替えをさせられて、ホテル前に迎えに来ていたタクシーに乗せられる。このスケジュールは承知していたので動揺はしなかったが、また航海に出るのかと考えると、どうしようもなく暗鬱《あんうつ》とした気分になる。

忍は後悔していた。

やはりウィリアムにきちんと自分の気持ちを説明し、なぜ一緒にいられないのか、なぜ嫌だ嫌だと思いながらも船に戻らなくてはならないかを、全部話しておくべきだったのではないだろうか。

しかし今さら後悔しても遅い。

タクシーはまだ明けぬ大都会の空いた道路を快適なスピードで走り抜け、『ホワイト・シンフォニー』が入港している港まで、たいして悩む時間も忍に与えず到着した。

阿久津が諸手続をしている間、忍は優雅な白い船体を眺めていた。こうして見るとやはり大きな船だ。忍にはこのクルーザーが祖父の権力の象徴のように感じられる。それに比べれば、忍など本当にちっぽけな、取るに足らない存在なのだと思い知らされるようだ。

船に乗るように阿久津から促され、忍はタラップを踏んで上がっていった。

入口ではロバートが出迎えている。

「またお世話になるよ、ロバート」

「坊ちゃん」

ロバートの顔が歪む。

忍はロバートを元気づけるためににっこり笑おうとしたのだが、うまくいかず、かえって泣きそうになったので慌てて顔を背けた。

出航を前に阿久津は慌ただしく部下たちに指示を飛ばしたり、携帯電話で打ち合わせをしたりしている。それでも忍だけは逃がさないようにとチラチラ鋭い目つきでこちらを睨むのだ。

「部屋にいるから」

忍はロバートに伝言すると、一人で最上階デッキに上がっていった。

そろそろ夜が明ける。

ラベンダー色に染まってきた東の空の裾を見やって忍は目を細くした。夜明け色の空が忍はとても好きだ。幻想的で溜息が出るほど美しい。心まで洗われる気がするのだ。

部屋の窓から出られるデッキの手摺りに凭れ、気持ちのいい風に吹かれながら忍は朝日が昇る光景を堪能した。

斜め後ろにはマンハッタンのビル群がニョキニョキと狭い小舟のような島に林立している様が

見える。

また次にここに来る頃には、ウィリアムは忍のことなど綺麗さっぱりと忘れているだろうか。

それとも、顔と名前くらいは覚えていてくれるだろうか。

グラナダのアルハンブラ宮殿を練り歩き、楽しい語らいをした時間が脳裏に蘇る。

ウィリアム。

忍はどうしようもなくせつなくなってきて、ぽろぽろと涙をこぼしてしまった。

船が静かに動き始める。

あれほど固く決意してこの船に戻ったはずなのに、忍は突然、なりふり構わずここから逃げ出したくなった。

ウィリアムに会いたい。もう一度抱かれたい。

忍はいっそのこと舳先《へさき》から身を投げたいという衝動に突き動かされた。そして、いつになく激しいその情動を抑えきれなくなった。

このまま独りで生きていても仕方がない。

マンハッタンが見えるうちに、海に飛び込もう。もし運がよければ遺体は母の隣に埋めてもらえるかもしれない。

死への情動がこれほど如実になったのは初めてだ。

忍は憑かれたようになり、部屋を出て最上階デッキを下りた。

「どこに行くんです！」

途中で出会した阿久津の部下に呼び止められたが、忍は無視して最下層のデッキにまで下りた。

さっきの部下が阿久津を呼び立てている声がする。

しかし、死ぬことを考え始めた忍には、すでに阿久津などどうでもよかった。恐れるべき存在ではない。

頭の中は妙にすっきりとしている。

海に飛び込んだらどれほど苦しいのかなど少しも考えなかった。泳ぐのはあまり得意ではないから、ものの数分で沈んでしまうだろう。

舳先まで行く間、誰にも会わなかった。

クルーは出港直後で全員持ち場に就《つ》いている。

阿久津は先ほどから電話にかかりきりで、忍に目を配るどころではなくなっているようだ。何事か不都合が起きたのかもしれない。どのみち忍には関係ない話だろう。

紺碧の海原を白い波が切り開いていく。

忍は舳先から身を乗り出し、とうに見慣れた光景を眺めた。

頭の中にあるのは、この白い泡の中に落ちれば楽になれるのだろうか、という気持ちだけだ。

忍は吸い込まれるように上半身を乗り出した。

そのとき、遠くから、

「忍！　忍っ！」

と自分を呼ぶ声を聞いた気がして、ふっと我に返った。

この声は。

ウィリアム……？

咄嗟に考えたのは、幻聴ではないか、ということだ。

だが次の瞬間、信じられないほどはっきりと、

「しのぶーっ！」

と叫ぶ声を聞いたのだ。

「ウィリアムっ？」

いっきに悪夢から醒めた気分だった。

忍はなぜ自分がこんな舳先に立っているのか一瞬わからなくなり、そうだ、死にたいと思っていたのだ、と思い出すやいなや、ゾッとしてきた。

「忍、ここだ！」

ウィリアムの声がする。

忍は右舷《うげん》に駆け寄った。

「ウィリアム！」

今度は声ばかりでなく姿が見える。

ウィリアムは自分の小型ボートから身を乗り出すようにして忍に手を振っている。なんと昨夜のパーティーのタキシードを着たままだ。

ボートを必死の形相で操縦している男性にも見覚えがあった、母の命日に墓で出会い、二言三言会話を交わした恰幅のいい紳士だ。彼がウィリアムの知り合いだったとは。忍は意外さに目を見開いた。

「忍っ、僕が必ず助けるからそこから飛び降りろ！」

ウィリアムが声を限りに叫ぶ。

忍は躊躇した。

「海に飛び込むんだ、忍！」

もう一度ウィリアムが叫んだのと同時に、どこかで銃を発射する音がした。

ズギューン、と弾が小型ボートの側面に当たった音がする。

「うおおっ、とぉ！」

紳士が頓狂《とんきょう》な声を上げて舵《かじ》を切った。

バラバラと甲板を複数の足音が駆けつけてくる。

忍はそちらを見やり、すぐにまた真下の海を見下ろした。

「忍っ、もう一刻の猶予《ゆうよ》もない！　飛び込め」

「ウィリアムっ！」

バシューン、ともう一度小型ボートに弾が当たる。誰かが上からボートを狙い撃ちしているのだ。

ウィリアムは忍が来るまでボートをクルーザーから離さないつもりでいるらしい。

このままではいずれ撃たれてしまう。

忍はそう思うや、恐怖心も何も忘れ、デッキの手摺りを乗り越えた。

同時に、さっきまで忍が手をかけていたデッキの手摺りにも銃弾が当たる。

忍は驚きのあまりバランスを崩し、そのまま真っ逆様に海に落ちていった。咄嗟のことに悲鳴も喉に張りつく。

ザバーンと忍が海面に到達する前に、すぐ傍で水しぶきが上がった。

ウィリアムが忍を助けるために海に飛び込んだのだ。

忍は頭から海に落ちた。

海面に落ちた瞬間の衝撃をやりすごし、ぼんやりと開けた目の隅に、こちらに向かって泳いでくるウィリアムの姿が映る。

ああ。……ウィリアム。

忍の涙は海に紛れて消えていった。

がっちりと腕を摑まれ、抱き寄せられる。

ウィリアムはそのまま忍の腕を引っ張り、海面目指して浮上していった。

ザバッと二人同時に海から頭を出す。忍は思い切り空気をむさぼった。

「ウィリアム！」

忍は興奮のあまり声を上げて泣き出した。泣いても泣いても泣き足りず、涙がいっこうに止まらない。

「忍。……忍」

ウィリアムも泣き笑いしていた。

ハンサムな顔を思い切り歪め、額にべったりと髪を張りつかせたまま、泣き笑いしている。

クルーザーのデッキには、船のクルーたちがわらわらと集まり、身を乗り出していた。皆一様に驚きながらも明るい表情をしている。

阿久津をはじめとする龍造寺翁の部下たちは、どこに隠れているのか一人も姿を見せていない。

忍はかえって不安に駆られた。

「大丈夫だ」

ウィリアムが忍の心配に気づいたように言う。

「阿久津は日本の龍造寺翁からきみを自由にしろと命令されて、何がなにやらわからないまま癇癪を起こしているんだろうよ」

「……どうして？」

「それは、僕が龍造寺翁の弱みを摑んでいるからさ。今頃は僕のボートやきみに銃を向けた部下も青くなっていることだろう」

あまりにも急な事態の変化に忍は少しもついていけない。

ウィリアムはそんな忍の唇にチュッと可愛いキスをした。

「塩辛い」

「う、ウィリアム……！」

頭上では今のキスを見ていたクルーたちがピーピー指笛を鳴らして騒いでいる。

忍は真っ赤になって、ウィリアムの陰に隠れた。

「おいおい、きみたち。もういい加減海の中でのランデブーは切り上げて、ボートに乗っちゃどうかね」

忍の後方にいた小型ボートから、紳士が呆れたように声をかけてくる。

ウィリアムと忍は顔を見合わせた。

「いいね、忍」

俺と来てくれるね。——ウィリアムの言葉はそういう意味だ。

忍は深呼吸をしてから、頷いた。

「はい、ウィリアム」

朝日がすでに二人を頭上から優しく照らしている。

二人はもう一度、どちらからともなく唇を寄せ合い、誓うようにキスをした。

今度は誰も囃《はや》したてず、その場に居合わせた皆が二人の誓いの証人になったような、そんな厳かな空気が流れていた。

POSTSCRIPT

HARUHI TONO

　このたびは貴族シリーズ第四作目にあたります本作をお手にしていただき、ありがとうございます。前作から九ヶ月ほども間が空いてしまいましたが、無事に上梓することができ、大変嬉しく思っています。

　今回のお貴族様はニューヨークに在住している元英国貴族の末裔、という設定です。ずいぶん前にメグ・ライアン主演の「ニューヨークの恋人」という映画を観たのですが、これがまさしくその設定でした。ロマンチックで楽しい映画で、お貴族様のお貴族っぷりが大変参考になりました。……とはいえ、本作には全然生かされておりません（苦笑）。そのうち、と思っております。貴族シリーズは今後も続く予定です。

　わたしの書くお話には意地っ張りな受けと不器用で傲慢な攻めの組み合わせが非常に多いのですが、今回はちょっとその路線を外してみました。あくまでも紳士的なウィリアムと、船に囚われて世界中の海を引き回されている不幸な御曹司、忍さんの、初々しくも情熱的な恋愛模様。お楽しみいただけると嬉しいです。

　イラストはひびき玲音先生に描いていただけて、今から仕上がりが大変楽しみです。お忙しい中、どうもありがとうございました。

　次回はまた来月お目にかかれそうなのですが、貴族シリーズはお休みです。新しく展開するシリーズ第一作でお会いしましょう。

遠野春日拝

SHY NOVELS

貴族と囚われの御曹司

SHY NOVELS92

遠野春日 著

HARUHI TONO

ファンレターの宛先
〒102-0073 東京都千代田区九段北4-3-10トリビル2F
大洋図書市ヶ谷編集局第二編集局SHY NOVELS
「遠野春日先生」「ひびき玲音先生」係
皆様のお便りをお待ちしております。

初版第一刷2003年8月6日

発行者　山田章博
発行所　株式会社大洋図書
〒162-8614 東京都新宿区天神町66-14-2大洋ビル
電話03-5228-2881(代表)
〒102-0073 東京都千代田区九段北4-3-10トリビル2F
電話03-3556-1352(編集)
イラスト　ひびき玲音
デザイン　Plumage Design Office
カラー印刷　小宮山印刷株式会社
本文印刷　三共グラフィック株式会社
製本　有限会社野々山製本所

ISBN4-8130-1011-3